張愛玲

秧歌

主編的話

在文學的長河裡，張愛玲的文字是璀璨的金沙，歷經歲月的淘洗而越發耀眼，而張愛玲的身影也在無數讀者心中留下無可取代的印記。

為紀念張愛玲百歲誕辰及逝世二十五週年，「張愛玲典藏」特別重新改版，此次以張愛玲親筆手繪插圖及手寫字重新設計封面，期盼能帶給讀者全新的感受，並增加收藏的意義。

「張愛玲典藏」根據文類和作品發表年代編纂而成，包括張愛玲各時期的長篇小說、短篇小說、散文和譯作等，共十八冊，其中散文集《惘然記》、《對照記》本次改版並將增訂收錄近年新發掘出土的文章。

一樣的悸動，一樣的懷想，就讓我們透過全新面貌的「張愛玲典藏」，珍藏心底最永恆的文學傳奇。

此書從頭到尾，寫的是「飢餓」，——書名大可以題作「餓」字，——寫的真細緻，忠厚，可以說是寫到了「平淡而近自然」的境界。近年所讀的中國文藝作品，此書當然是最好的了。

適之

一九五五，一，廿五。

編註：出自一九五五年一月二十五日胡適給張愛玲的信。

一

一到了這小鎮上，第一先看見長長的一排茅廁。都是迎面一個木板照壁，架在大石頭上，半遮著裏面背對背的兩個坑位。接連不斷的十幾個小茅棚，裏面一個人也沒有。但是有時候一陣風吹過來，微微發出臭氣。下午的陽光淡淡的晒在屋頂上白蒼蒼的茅草上。

走過這一排茅廁，就是店舖。一排白色的小店，上面黑鬱鬱的矗立著一座大山，山頭上又現出兩抹淡青的遠山。

極窄的一條石子路，對街攔著一道碎石矮牆，牆外望出去什麼也沒有，因為外面就是陡地削落下去的危坡。這邊一爿店裏走出一個女人，捧著個大紅洋磁臉盆，過了街，把一盆髒水往矮牆外面一倒。不知道為什麼，這舉動有點使人吃驚，像是把一盆污水潑出天涯海角，世界的盡頭。

差不多每一爿店裏都有一個殺氣騰騰的老闆娘坐鎮著，人很瘦，一張焦黃的臉，頭髮直披下來，垂到肩上；齊眉戴著一頂粉紫絨線帽，左耳邊更綴著一顆孔雀藍大絨毬——也不知道是什麼時候興出來的這樣的打扮，倒有點像戲台上武生扮的綠林大盜，使過往行人看了很感到不安。

有一爿吃食店，賣的是小麻餅與黑芝麻棒糖。除這兩項之外，櫃台上還堆著兩疊白紙小包，看不出是什麼一類的東西。有人來買了一包，當場就拆開來吃，原來裏面包五隻小麻餅。櫃台上另外那一疊紙包，想必是黑芝麻棒糖了。——不過也許仍舊是麻餅。

另一爿店櫃台上一刀刀的草紙堆積如山。靠門卻懸空釘著個小玻璃櫥，裏面陳列著牙膏牙粉。牙粉的紙袋與髮夾的紙板上，都印有五彩明星照片，李麗華、周曼華、周璇，一個個都對著那空空的街道倩笑著。不知道怎麼，更增加了那荒涼之感。

幾隻母雞在街上走，小心的舉起一隻腳來，小心的踩下去，踏在那一顆顆嵌在黑泥裏的小圓石子上。

東頭來了個小販，挑著担子，賣的又是黑芝麻棒糖。

不論是鄉下，是城裏，永遠少不了有這麼一爿香燭店，兼賣燈籠，一簇簇的紅蠟燭，高掛在屋樑上，像長形的紅果子，纍纍的垂下來。隔壁的一爿店堂裏四壁蕭然，只放著一張方桌，一個小女孩坐在桌子跟前，用機器捲製「土香烟」。那機器是個綠漆的小洋鐵盒子，大概本來是一隻洋油桶，裝了一隻柄，霍霍搖著。

太陽像一隻黃狗攔街躺著。太陽在這裏老了。

路上來了個老太婆，叫住了那小販問他芝蔴糖的價錢。她仰著臉覷著眼向他望著，忽然高興的叫了起來：「咦，這不是荷生哥麼？你們家兩位老人家都好？荷生嫂好呀？你四嬸好？」

那小販起初怔住了，但隨即想起來，她是他四嬸的娘家親戚，彷彿曾經見過兩面。她個子生得矮，臉型很短，抄下巴，臉色晒成深赭紅，像風乾的山芋片一樣，紅而皺，向外捲著。她戴著舊式的尖口黑帽匝，穿著補了又補的藍布大襖。她總是瞇瞜著眼睛，彷彿太陽正照在臉上；說話總是高聲喊叫著，彷彿中間隔著大片的田野。

「你這位大嬸，難得到鎮上來的吧？」這小販問她。

「嗳，我今天是陪我姪女兒來的，」老婦人大聲喊著。「姪女兒明天出嫁，嫁到周村，今天到區上去登記，那孩子可憐，爹娘都沒有了，就一個哥哥，嫂嫂又上城去幫人家去了，家裏就是一個哥哥。他們周家人多，今天他們都要到的。我們這邊人太少了不像樣，我只好也跟了來了。」她仰著臉覷著眼望著他笑。「嗳呀！也真是巧——怎麼會碰見你的！我們剛來，正在那邊路亭裏歇腳。我對他們說，我說你們先在這兒坐一會，我去瞧瞧，看他們周家的人來了沒有。不要我們比他們先到，顯得新娘子太性急了不好。」

「新郎來了沒有？」

「來了！來了！我瞅見幾個周家的人坐在區公所的台階上。我得要走了，去把新娘子領來，讓人家老等著也不好。你也不要老站在這裏說話，耽擱了生意。生意好吧？你剛才說這糖多少錢一斤？」

這小販這次就不肯告訴她價錢了，他彎腰揀起兩根棒糖，硬塞在她手裏。「大嬸，這個你拿去吃。嚐嚐，還不壞。」

她虎起了臉，推開他的手。「噯，不行，不行，沒這個道理！這些年沒見面，哪有一見面就拿人家的東西？」

「你拿著，拿著。帶回去給小孩子吃。」

「我倒是想買點回去哄哄孩子們，不能叫你送。我自己是吃不動它——老嘍！牙齒一隻都沒有嘍！」

兩人推來讓去好一會，那兩根亮瑩瑩的白花點子小黑棒漸漸溶化了，黏在小販手上。他雖然面帶笑容，臉上漸漸泛出紅色，有點不耐煩的樣子。費盡唇舌，那老太婆終於勉強接受了，滿腔委屈的辭別了他，蹣跚的走開去。她這一轉背，小販臉上的笑容頓時移轉地盤，在老太婆的臉上出現。他板著臉挑著担子走了，她卻是笑吟吟的，小腳一拐一拐，走過那一排店鋪與茅廁，出了市鎮，向官塘大路上那座白粉牆的亭子走去。

「碰見一個人，」她老遠就喊著。「再也想不到的！我不是有個表妹嫁到桃溪？這就是她婆家的姪子。我看著他好像眼熟，這些年不見了，都不敢喊出口來！」

她姪子金根聽得有點不耐煩起來。「他們來了沒有？周家的人。」他問。他站在路亭的穹門下等著她。是個高大的年青人，面貌很俊秀，皮膚是黯淡的泥土的顏色。寬肩膀，隔著一層棉襖都看得見。舊棉襖越穿越薄，而且洗褪了色，褪成極淡的藍。

「來了，我看見他們的。來了。」

「那我們去吧？」金根回過頭來向他妹妹說。

他妹子金花像沒聽見似的。她坐在亭子裏，背對著他，正在吐唾沫吐在手絹子上，替那小女孩擦手。小女孩是金根的女兒，他們今天把她也帶了來了。那孩子正在那兒鬧彆扭，因為她不明白為什麼要在亭子裏等著。她煩躁的在板櫈上爬上爬下，又伸手去摸那扇形的窗戶，把兩隻手抹得烏黑。不久她一定會把那些灰都抹到她姑姑的新衣服上去。金花今天穿著的一件紫紅花布棉袍，也就是明天的結婚禮服。

金根看他妹妹不答話，他站在那裏叉著腰望著她，透出沒有辦法的樣子。

老婦人喘著氣走進路亭。「怎麼還不去？」她大聲喊著。

「走吧！我們走吧！」金根對他妹妹說：「別這麼老腦筋。」

「誰老腦筋？」她並沒有回過頭來。「也得讓大娘坐下來歇會兒，喘過這口氣來。才走來又走去，人家不累麼？」

「走吧，走吧！」譚大娘說。「別害臊了。現在這時世不興害臊了！」

「誰害臊？」金花賭氣站起來，領著頭走到鎮上去。她今年十八歲，可是看上去還不到這年紀。稚氣的秀麗的臉，嘴唇微微張開著，因為前面有一隻牙略有點刨。她的頭髮前面鬅得高高的，額上一排稀疎的前劉海，留得很長，直垂到眼睛裏去，癢梭梭的，所以她總是瞇瞜著眼睛，從髮絲裏向外面望著，彷彿帶著點焦慮的神氣。

這小小的行列，她走在最前面，老婦人在後面緊緊跟著，就像是怕她隨時會轉過身來逃走。金根抱著他的女兒跟在她們後面。快到區公所的時候，老婦人就本能的走近一步，托住金花的肘彎，攙著她走。

「大娘，別這麼封建，她自己會走。」金根說。

區公所前面坐著蹲著的人群中起了一陣騷動。「他們來了！新娘子來了！」大家喃喃說著。有幾個周家的人走上來，含笑和金根招呼。有個五十來歲的高高的婦人，一臉精明的樣子，是新郎的寡婦母親，朝著譚大娘走過來，抓住她兩隻手說：「噯呀！大遠的路，讓你走這麼一趟，真不過意！」

明天要做新郎的那男孩子站得遠遠的微笑著。誰也不朝新娘子看，但當然她還是被觀察著的。她也微帶著笑容，而彷彿心不在焉似的，漫無目的的四面望著。

大家招呼過了，就一同進去，先經過一番低聲爭論，要推出一個人來，出面和幹部說話。當然應當由男方上前，而且剛巧新郎的母親在一切有關方面是她最年長。但是她堅持著這不是女人做的事，要金根去。金根一定不肯。最後是新郎的大哥做了他們的代言人。和幹部說明來意之後，大家都擠在桌子前面，等著幹部找出該填的表格。新郎新娘被推到最前方，低著頭站在桌子跟前。

「你名字叫什麼？」幹部問那年青人。

「周大有。」

「是哪裏人？」

「周村的人。」

「你要跟誰結婚？」

他很快的咕嚕了一聲：「譚金花。」

「你為什麼要跟她結婚？」

「因為她能勞動。」

金花也回答了同樣的問句。問到「為什麼要跟他結婚？」她也照別人預先教的那樣，喃喃唸著標準的答案：「因為他能勞動。」任何別的回答都會引起更多的問句，或許會引起麻煩。

新郎新娘在表格下面捺了指印。他們的婚姻在法律上已經成立了，但是習俗相沿，明日還要熱鬧一下，暫時新娘還是跟著娘家人一同回去。周家和譚家的人在區公所外面分了手。

「明天早點來呵，譚大娘。」新郎的母親再三說。

「你今天早點回去歇歇吧，明天有你忙的。」譚大娘說。

譚家幾個人在小鎮上緩緩走著，一路看熱鬧。金花靜靜的，一句話也不說，手裏牽著那小女孩。他們走過鎮上唯一的飯館子，是一座木板搭的房屋，那沒油漆過的木板，是一條條不均勻的鮮明的橙黃色。門面很高大，前面完全敞著，望進去裏面黑魆魆鬧烘烘的。房頂上到處有各種食料纍纍的掛下來，一棵棵白菜，灰撲撲的火腿，長條的鮮肉，乳白的脆薄的豆腐皮，與淡黃色半透明的起泡的魚肚，都掛在客人頭上。跑堂的同時也上灶，在大門口沙沙的炒菜，用誇張的大動作抓把鹽，洒點蔥花，然後從另一隻鍋裏水淋淋的撈出一團湯麵，嗤啦一聲投到油鍋裏，越發有飛沙走石之勢。門外有一個小姑娘蹲在街沿上，穿著郵差綠的袴子，向白泥灶肚裏添柴。飯店裏流麗的熱鬧都滿溢到街上來了。

金根的小女兒站在飯店門口，不肯走。金花硬拉她走，她哭了起來，拼命向後掙著，賴在地下。

「不要哭！不要哭！」老婦人說。「明天就有好東西吃了。明天你姑姑出嫁，我們都去吃喜酒。又吃魚，又吃肉。你再哭，明天不帶你去！」

但是連這個也嚇唬不住她。孩子鬧得使大家非常窘，飯店的夥計站在灶前向他們看著，那蹲在外面添柴的女孩子也別過頭來看他們。

金根彎下腰去，把孩子一把抱起來，不管她怎樣掙扎亂踢著。他很快的走出了市鎮。孩子哭得一抽一抽的。

「不要哭！」他柔聲說。「你媽就要回來了，她帶好東西來給你吃。你還記得媽吧？」孩子的媽在上海幫傭。她好幾個月前就寫信回來，說她要辭工回來種田——金根現在分到了田了，自從土改以後。但是家裏仍舊很苦，全靠她在外面寄錢回來，所以她一直延挨著沒有辭工。金根現在對孩子說是這樣說，其實他心裏估著，她今年不見得能回來過年。

他們這孩子叫阿招，無非是希望她會招一個弟弟來。但是這幾年她母親一直不在家鄉，所以阿招一直是白白的招著手。

「不要哭，阿招。」金根喃喃說著。「媽就要回來了，帶好東西來給你吃。」

這話似乎並沒有發生效用。但是那天晚上他聽見她問金花：「姑姑，媽什麼時候回來？爸說媽就要回來了。」

他臉紅得非常厲害，因為被人發現他在那裏想念他的妻，分明是盼望她回家。這是晚飯後，他正站在門口吸旱烟，背對著房裏。

然後他聽見他妹妹的回答：「噯，媽就要回來了。你有媽，不會想我了。」她的聲音聽上去是微笑著的，但似乎有點悲哀。

他上床以後看見他妹妹房裏還點著燈。

「早點睡吧！金花妹。」他高聲喊著。「明天你還要走十里路。」

「你還沒睡？你來回要走二十里呢！」

燈仍舊點著。他聽見她在房間裏走來走去，不知道在忙些什麼。他心裏充滿了惆悵。

二

在早晨，村子裏的人都擠在他家門口看新娘子。金花裝扮好了坐在那裏，由一個挑選出的「全福太太」在旁邊替她梳頭、搽粉抹胭脂。其實現在頭髮剪短了，根本不用怎麼梳，她自己也已經抹過胭脂粉了，這不過是討個吉利，希望新娘子將來也和她一樣福氣。譚大娘是不合格的，她雖然夫妻白頭偕老，只有一個兒子，給拉伕拉去了，這許多年來一直音信全無。

時辰到了，新娘就動身，走到十里外的周村去。一個堂房兄弟走在她前面打著鑼。送親的金根抱著阿招跟在她後面，提著盞燈籠，因為今天要到深夜才回來。他兩隻手都佔住了，所以新娘自己提著包袱。她穿著厚墩墩的新棉袍，身上圓滾滾的，胸前佩著一朵大紅絹花，和勞動英雄們戴的一樣，新參軍的人在會場裏坐在台上，也是戴著這樣的花。

那小小的行列穿過村莊，大鑼一聲聲敲著，到處都有婦女與小孩尖聲叫著：「來看新娘子呵！看新娘子呵！」一大群人直送到村口。譚大娘站在最前面，高聲唸誦著吉利話。她等一會也要去的，和她丈夫一同去吃喜酒。

「老頭子呢？」她回過頭去四面張望著。「跑哪兒去了？他沒趕上看見新娘子動身。」

老頭子坐在大路邊上一個小小的露天茅坑上，是一隻石井上面架著兩塊木板。他坐在上面晒太陽，吸著旱烟。新娘的行列在他面前經過，他微笑著向他們點頭招呼。

「待會兒早點來呀，大爺！」金根向他喊著。

「嗳，誤不了！吃我們姑娘的喜酒！」譚老大高聲回答著。老頭子下巴光溜溜的，臉上雖然滿是皺紋，依舊是一張很清秀的鵝蛋臉，簡直有點像個女孩子。瘦瘦的身材，棉袍上面繫著一條有縐褶的藍布「作裙」。他的眼睛有點毛病，白瞪瞪、水汪汪的，已經半瞎了，他得要撒嬌似的歪著頭，從某一個角度望過來，才看得清楚。

太陽快落山的時候，他和譚大娘帶著幾個孫子來到周村，把媳婦留在家裏看家。周家已經坐下來吃喜酒了。新郎新娘坐在正中一桌的上方，兩人胸前都戴著一朵大紅花，斜陽射進那黑暗的房間裏，霧濛濛的一道光。新娘子坐在那滿是浮塵的陽光裏，像一個紅紅白白的泥人，看上去有一種不真實的感覺，然而又很奇異的彷彿是永久長存的。

金根是新親，也是坐在上首，在另一桌上。譚老大、譚大娘被主人領到另一桌上，經過一番謙遜，結果也是被迫坐在上首。有好幾個年青的女人在旁邊穿梭來往照料著，大概都是他家的媳婦。譚老大矜持的低著頭捧著飯碗，假裝出吃飯的樣子，時而用筷子揀兩粒米送到口裏。

作為喜筵來看，今天的菜很差，連一樣大葷都沒有。但是新郎的母親是一個殷勤的主婦，這一桌轉到那一桌，招待得十分周到。雖然她年紀大，腳又小，動作卻非常俐落。她注意到譚老大只吃白飯，她連忙飛到他身邊，像一隻大而黑的，略有點蝙蝠型的蝴蝶。

「沒有什麼東西給你吃，飯總要吃飽的！」

她一個冷不防，把他面前的一碗冬筍炒肉絲拿起來向他碗裏一倒，半碗炒肉絲全都倒到他飯碗裏去了。他急起來了，氣吼吼站了起來，要大家評理，大聲嚷著：「這叫我怎麼吃？——連飯都看不見了嘿！叫我怎麼吃？」

但是他終於安靜了下來，坐下來委委屈屈的，耐心的用筷子挖掘炒肉絲下面埋著的飯。

喜酒吃了一半，周村的幹部來了。是一個費同志，年紀很輕，圓臉，腮頰鼓繃繃的，臉色很嚴肅。他學著老幹部的作風，像金根他們村子裏的王同志一樣，把棉制服穿得非常髒，表示他忙於為人民服務，沒有時間顧到自己本身。亮晶晶的一塊油泥，從領口向下伸展著，成為一個V字形。他也仿照著老黨員中的群眾工作者，在腰帶後面掖著一條毛巾，代替手帕，那是在戰爭期間從日本兵那裏傳來的風氣。

金根也仿效著這辦法，在他的袴帶後面掖著一條毛巾。有棉襖遮著，只露出一點點毛巾的下端，但是這已經使他有點害羞，彷彿在學時髦。毛巾是他女人從上海給捎來的，簇新，因為從來不作別用。下端還有四個紅字：「祝君早安」。

大家都站起來讓費同志坐。謙讓再三，結果是老婦人挪到旁邊去，讓他和她丈夫並坐在上首。今天這喜筵並沒有酒，但是在這樣冷的天，房間熱烘烘的擠滿了人，再加上空心肚子，吃了兩碗飽飯，沒有酒也帶了兩分酒意，大家都吃得臉紅紅的，一副酒酣耳熱的樣子。

費同志人很和氣，興致也好，逐一問在座的客人們今年收成怎樣，收了多少担米，多少斤麻。金根秋收的時候工作努力，選上了勞模，譚大娘替他著實宣揚了一番。她能言善道，有說有笑的，敷衍得面面俱到。她銜著費同志說了不少的話。有時候她的話與當時的話題並沒有直接的關係，但是永遠是節拍湊得很準，有板有眼，有腔有調。「咳！現在好嘍！窮人翻身嘍！現在跟從前兩樣嘍！要不是毛主席，我們哪有今天呀？要不是革命黨來了，我們窮人受罪不知道受到哪年呵！」譚大娘把共產黨與革命黨有點搞不清楚，她一直稱共產黨為革命黨，有時候甚至於稱他們為國民黨。但是在她這年齡，這錯誤似乎情有可原。整個的說來，她給費同志的印象相當好，難得看見像她這樣前進的老太婆。

她逼著新郎的母親多吃一點，說：「你只顧忙別人嘍！自己餓肚子！」女主人替阿招夾菜，譚大娘就又對阿招說：「你瞧人家多喜歡你呀！你今天住這兒吧？不回去了，嗯？——你姑姑今天也不回去，你願意跟著你姑姑，你也住下吧，不是捨不得她嗎？昨天不是還哭了嗎？」

那小女孩安靜的繼續吃她的飯，她的黑眼睛烏沉沉的，一點也沒有激動的樣子。

譚大娘又嚇唬她：「我們走了，不帶你走。你爹今天不帶你回去了。你想有這麼容易的事呀——吃飽了肚子，抹抹嘴上的油，站起來就走？把你賣給人家嘍！」

大家都笑了。女主人說，「嗳，你打今天起就住這兒了，不回去了。」

那孩子沒有說什麼。也許她是被一重重的疑懼包圍著，也許不，完全看不出來。但是一吃完了飯，她就跑到金根旁邊，拉住他的手，一直不放鬆。他走到哪裏她都跟來跟去。

吃完了喜酒，照例鬧房。不過今天大家彷彿都有點顧忌，因為有幹部在座。但是費同志顯然是要「與民同樂」的樣子，還領著頭起鬨，因之大家也就漸漸的熱鬧起來了。有一個人喊著「要新郎新娘拉手。」譚大娘做了新娘的代言人，替她推托，又替她還價。爭論了半天之後，是譚大娘讓了步，把新郎新娘的手牽到一起，算是握了一握。

然後又有人要求新娘坐在新郎膝蓋上，叫一聲「哥哥」。這要求一提出來，大家都笑不可抑。新郎急了，想溜，又給拉了回來，捺在床沿上坐下。這一次的交涉更費時間了。

「好！好！」鬧得最兇的一個人終於氣憤憤的說：「新娘子不給面子。」

「叔叔，你別生氣！」譚大娘照著新娘的稱呼向他賠禮。「哪！叫新娘子給你倒碗茶。」

「誰要吃什麼茶？」

新娘始終低著頭坐著，一動也不動，也沒有一絲笑容，成了僵持的局面。最後還是費同志提議，叫新娘子唱歌，作為一個妥協的辦法。譚大娘又給講價，講成只限一支歌。金花終於站了起來，斜倚在桌子角上，又把身子背了過去，面對著牆，唱了八路軍進行曲。

「再來一個！再來一個！」費同志噼噼啪啪鼓著掌叫了起來，大家也都響應著。

「好吧！再來一個！」譚大娘說。「唱過了這一個，可得讓新娘子歇歇了。時候也不早了，我們要回去也該動身了。」

客人們依舊不肯鬆口，並沒有答應聽完這一支就走。磨了半天，新娘還是屈服了。這一次她是細聲細氣的唱了〈嗨啦啦！〉那也是她在冬學班上學會的一支新歌。

「嗨啦啦啦！

嗨啦啦啦！

天上起紅霞啊呀！

地上開紅花啊呀！」

費同志走上來扯她的手臂。「嗳，轉過身來，別儘把背對著人。」她掙脫了手臂，他又去拉她，而且突然笑了起來。笑聲響亮而清脆，那聲音彷彿也帶一絲詫異的意味。在那短短的掙扎中，她把他猛力一推，他撞到桌子上，一隻茶碗跌到地下砸得粉碎。

「歲歲平安！」譚大娘馬上說，幾乎是機械的說了出來。

費同志臉上有點不確定的樣子，彷彿還沒有決定採取一種什麼態度。那邊譚大娘不等他發作，倒已經嚷了起來：「嗳喲！你這位新娘子怎麼脾氣這麼大？這都是跟你鬧著玩的呀！你沒聽見說『越鬧越發』嗎？這要是人家費同志也跟你一樣孩子脾氣，這還得了嗎？人家要是認真起來，不生氣才怪呢！」

她別過臉來，又向新娘的婆婆道歉。「你別生氣呀！老姐姐！我們這姑娘苦在爹娘死得早，自小沒人管教，一點規矩都不懂，以後這可就是你的事啦，老姐姐！全靠你教訓了。這回你就看我面上，不去計較她了。你瞧人家費同志，多寬宏大量，一點也沒生氣。」

費同志被她幾句話罩住了，倒也不好意思怎樣了，只得淡淡的笑了笑，一抬手，把帽子扶了扶正。「這新娘子脾氣可真大。新郎可得小心點，不然準得怕老婆。」他笑了兩聲。

事情算是過去了，然而婆婆的臉色仍舊非常難看。當著這些客人，給他們家丟了臉。從表面上看來，彷彿不能怪新娘子，但當然還是她自己招來的。而且也怕幹部從此記了仇，日久天長，免不了要跟他們家找碴兒。但是今天新娘子第一天過門，婆婆當然也不好說什麼。然而空氣還是很僵，大家不久也就散了。

金根抱著阿招，譚老大與譚大娘領著幾個孫子，一路回去。有月亮，所以沒點燈籠。走了有這麼一截子路，離周村很遠了，在月光中穿過沉寂的田野，金根這時候才開口向老頭子說：「那費同志不是個好人。」

老頭子微微嘆了口氣。和金根說話，他總是很留心的。「唉！也有好有壞呵！」他說。

老婦人接上來，寬宥的說，「這些幹部也可憐，整年不讓回家去。他橫是也冷清得慌。」

金根不作聲。

「金花那婆婆像是個厲害的！」老婦人說。「哪有新娘子第一天過門就給臉子看的。好厲害！」她稍有點幸災樂禍的說。

「現在不怕了。有婦會。」

「嗳，那倒是。現在有婦會囉！還說要開什麼『媳婦會』，專門鬥婆婆。咳！現在這時候做婆婆也不容易呵！」譚大娘苦笑著說。她自己也是做婆婆的人。

金根沉默了一會，卻又說：「不過也沒準，全在乎這村子裏的幹部。」

老夫婦沒有接口。他們大家都記得桃溪的那個女人，到村公所去告她婆婆虐待，請求離婚。被幹部把她綑在樹上打了一頓，送回婆家去。村子裏許多守舊的人聽見了，都很贊成。但是大家都覺得她婆家似乎太過於了，她回來以後，被他們吊了起來，公、婆、小叔、丈夫幾個人輪流的打，打斷三根大棍子。彷彿打斷一根也就差不多了。

在田徑上走著，譚老大的一個孫子失腳滑了下去，跌了一跤。老夫婦停下來替他揉腿，金根一個人走在前面，抱著阿招，阿招已經睡著了。月亮高高的在頭上。長圓形的月亮，白而冷，像一顆新剝出來的蓮子。那黝暗的天空，沒有顏色，也沒有雲，空空洞洞四面罩下來，荒涼到極點。往前走著，面前在黑暗中現出一條彎彎曲曲淡白的小路。路邊時而有停棺材的小屋，低低的蹲伏在田野裏。家裏的人沒有錢埋葬，就造了這簡陋的小屋，暫時停放著。房子不比一個人的身體大多少，但是也和他們家裏的房子一樣，是白粉牆、烏鱗瓦。不知道怎麼，卻也沒有玩具的意味。而是像狗屋，讓死者像忠心的狗一樣，在這裏看守著他摯愛的田地。

金根還沒走到一半路，吃的一頓晚飯倒已經消化掉了，又餓了起來。在這一個階段，倒並不是不愉快的感覺，人彷佛裏面空空的，乾乾淨淨，整個的人輕飄飄的，就像是可以顛倒過來，在天上走，繞著月亮跑著跳著。他自己也覺得有點奇異，這肚子簡直是個無底洞，辛辛苦苦一年做到頭，永遠也填不滿它。

阿招突然說起話來。「還沒到家呀？爸爸？」

「不要張嘴——風大。嘴閉緊了。」

向家裏走著，那黑暗的寂寞的家，他不由得更加想念他的妻起來。剛才在周家鬧房的時候，他就想起他自己結婚那天，鬧房的時候。賀客們照例提出無數要求，彷彿比哪次都鬧得兇，大概也許因為新娘子特別漂亮的緣故。就連最後，客人終於散了，還有幾個躲在窗戶底下偷聽，放了一串爆竹來嚇他們。

大家都說他這老婆最漂亮。也許人家都想著，這樣漂亮的老婆，怎麼放心讓她一個人在城裏這些年。女人上城去幫傭，做廠，往往就會變了心，拿出一筆錢來，把丈夫離掉。不知道怎麼，他就從來沒有想到過，她可會也這樣。每次還沒想到這裏，思想就自動的停住了，也不知道是他對她有很大的信心，還是他下意識的對於這件事懷著極大的恐懼，還是另有別的原因。

也許他實在是心裏非常不安定，自己並不知道。也許他已經懷疑得太久了，所以就連她現在說要回來，他都還不大放心。自從她走了，他就一直覺得慚愧，為了這麼一點錢，就把夫妻拆散了。夜裏想她想得睡不著覺的時候，他想她心裏一定也看不起他，他們再也不能像從前一樣了。

想著她，就像心裏有一個飄忽的小小的火焰，彷彿在大風裏兩隻手護著一個小火焰，怕它吹滅了，而那火舌頭亂溜亂躥，卻把手掌心燙得很痛。

他不願意回想到最後一次看見她的時候。那是那一年鄉下不平靖，到處拉伕，許多年青人怕拉伕，都往城裏跑。所以他也到上海去找工作，順便去看看他老婆月香。

他從來沒上城去過，大城市裏房子有山一樣高，馬路上無數車輛哄通哄通，像大河一樣的流著。處處人都欺侮他，不是大聲叱喝就是笑。他一輩子也沒覺得自己不如人，這是第一次他自己覺得呆頭呆腦的，剃了個光頭，穿著不合身的太緊的褂袴。他有個表兄是個看衖堂的巡警，他住在表兄那裏，每天到月香幫傭的人家去看她。她一有空就下樓來，陪他在廚房裏坐著，靠牆擱著一張油膩膩的方桌，兩人各據了一面。她問候村子裏的人，和近鄉所有的親戚，個個都問到了。他一一回答，帶著一絲微笑。他永遠是臉朝外坐著，眼睛並不朝她看，身體向前傾，兩肘撐在膝蓋上，十指交叉著勾在一起。他們的談話是斷斷續續的，但是總不能讓它完全中斷，因為進進出出的人很多，如果兩人坐在一起不說話，被人看見一定覺得很奇怪。金根向來是不大說話的，他覺得他從來一輩子也沒說過那麼許多話。

那水門汀鋪地的廚房，開出門去就是衖堂。那一向常常下雨，他打了傘來，月香總是把那水滴滴的傘撐開來晾乾，傘柄插在那半截小門上的矮欄杆裏。那小門漆著污膩的暗紅色。在那昏黑的廚房裏，那橙黃色的油紙傘高高掛著，又大又圓，如同一輪落日。

不斷的有人進來，月香常常話說了一半突然停住了，向他們微笑，彷彿帶著一點歉意似的。也有時候她跳起來，把那高棲在門上的油紙傘拿下來，讓人家出去。

這裏似乎家家都用後門，前門經常的鎖著。女主人戴著珠寶去赴宴，穿著亮晶晶的綢緞衣服，照樣在那黑洞洞的，糊滿了油烟子的廚房裏走過，金色的高跟鞋篤篤響著。奶媽抱著孩子，也在廚房裏踱出踱進。

金根常常在那裏吃飯。有時候去晚了，錯過了一頓午飯，她就炒點冷飯給他吃，帶著一種挑戰的神氣拿起油瓶來倒點油在鍋裏。她沒告訴他，現在家裏太太天天下來檢查他們的米和煤球，大驚小怪說怎麼用得這樣快，暗示是有了新的漏洞。女傭有家屬來探望，東家向來是不高興的。如果是丈夫，他們的不高興就更進了一層，近於憎惡。月香還記得有一次，有一個女傭和她的男人在一個小旅館裏住了一夜，後來大家說個不完，傳為笑談。女主人背後提起來，又是笑又是罵。

這些話她從來不跟金根說的。但是他也有點覺得，他在這裏只有使她感到不便，也使她覺得委屈。所以過了半個月，他還是找不到工作，他就說他要回去了。他拿著她給的錢去買車票，來這麼一趟，完全是白來的，白糟蹋了她辛苦賺來的錢。買票剩下來的錢，他給自己買了包香烟。自己也覺得不應當，但是越是抑鬱得厲害，越是會做出這種無理的事。

上火車以前，他最後一次到她那裏去。今天這裏有客人來吃晚飯，有一樣鴨掌湯，月香在廚房裏，用一把舊牙刷在那裏刷洗那腥氣的橙黃色鴨蹼。他坐了下來，點上一支香烟，他的包袱擱在板櫈的另一頭。在過去的半個月裏，他們把所有的談話資料都消耗盡了，現在絕對沒有話可說了。在那寂靜中，他聽見有個什麼東西在垃圾桶裏窸窣作聲。

「那是什麼？」他有點吃驚的問。

是一隻等著殺的雞，兩隻腳縛在一起暫時棲在垃圾桶裏。

火車還有好幾個鐘頭才開。也沒有別的地方可去，只有坐在這裏等著。因為無話可說，月香把她該叮囑的話說了一遍又一遍，叫他替她問候每一個人。她把鴨蹼洗乾淨了，又來剝毛豆，她忽然發現她把剝出來的豆子都丟到地下去，倒把豆莢留著，自己覺得非常窘，急忙彎下腰去把豆子揀了起來。幸虧沒有人在旁邊，金根也沒留心。

剝了豆，摘了菜，她把地下掃了掃，倒到垃圾桶裏，那隻雞驚慌的咯咯叫了起來。

金根站起來走的時候，她送到門口，把兩隻手在圍裙上揩抹著，臉上帶著茫然的微笑。

他把傘撐開來，走到衖堂裏。外面下著雨，黃灰色的水門汀上起著一個個酒渦。他的心是一個踐踏得稀爛的東西，黏在他鞋底上。

不該到城裏來的。

三

上床以前，金根帶阿招出去把尿。從前他妹子金花在家的時候，孩子歸金花照管，自從金花出了嫁，就是他自己帶孩子了，他還不十分習慣。

外面很冷，呼吸著寒冷的空氣，鼻管裏酸溜溜的。月光沖洗著天空，天色是淡淡的青灰，托出山的大黑影。那座山是一個堅實的黑色花苞，矗立在房屋背後。金根彎著腰給孩子把尿，嘴裏噓噓吹著。其實阿招這樣大的孩子，已經可以蹲在地下了，但是地面上寒氣重，他認為是有害的。

狗在汪汪的叫。近來他一聽見狗叫，就想著不知道可是他妻子回來了。他兩隻手托著孩子，一面就別過頭去向路上望著。遠遠的一個橙紅色的燈籠搖搖晃晃來了，燈籠上一個大紅字，原來是周村的人，心裡不由得有些失望。

不知道是周村什麼人？不會是他妹妹回娘家——她前兩天剛回來過一次，而且她即使來，也絕不會揀這樣晚的時候來。

但是倒好像是一個女人，在那一顛一顛的燈籠後面走著，手裏挽著的是一個大白包袱。那燈籠搖擺著，向她臉上盪過去的時候，金根彷彿看出一些什麼，使他突然旋過身去，孩子一泡尿沒撒完，熱呼呼的澆了他一腳。他很快的把孩子放下來，就向那條路上直奔過去，是他的妻回來了。

跑著，跑著，可以看得出確實是她了，他立刻就把腳步慢了下來。她也看見了他，遠遠的向這邊微笑。他高聲喊著：「我先還當是周村的人。」

「走到周村天已經快黑了，我就到妹妹那兒去借了盞燈籠。」月香說。

「哦！你上他們家去的？看見妹妹沒有？」

「看見了。她婆婆真客氣，一定要留我吃飯，真是不好意思。」

他在她旁邊走著。一隻腳上的襪子濕淋淋的，現在已經變成冰涼的，貼在腳背上，緊緊抓住他的腳背，倒幸虧有這異樣的感覺，不然心裏總是恍恍惚惚的，疑心是在做夢。

「看見妹夫沒有？」他問。

「妹夫不舒服，躺在那裏，我沒進他們屋去。」

「怎麼病了？該不要緊吧？妹妹好麼？」

「她好。」她並沒有感到不快，這些年沒見面，見了面不問候她，倒去問候他常見面的妹妹，她也知道他是沒話找話說。

「阿招已經睡了？」她搭訕著問。

他大聲叫「阿招！阿招！」孩子不肯來，還是他跑了去把她硬拉了來。

「噯喲，長得這樣大了！」月香略有點羞澀的笑著說。她把燈籠放低了，想仔細看一看，那阿招只管扭來扭去躲避著，但是越是躲，月香越是把燈籠照到她臉上來。那孩子急了，一使勁，掙脫了她父親的手，向家裏狂奔，以為家裏總是安全的。她穿過了那月光中的青白色的院落。院子裏地下散放著的長竹竿，用來編籮筐的，被她踢著，豁朗朗響成一片。四鄰的狗越發狂吠起來。

「小心點，別摔跤！」月香叫喊著，匆匆跟在她後面進了院門。月影裏看不真，竹竿又被她踢得豁朗朗響著。這座白粉牆的大房子是譚家祖傳的財產，金根這一房分到了一間半屋子。緊隔壁的幾間屋子，就是譚老大他們那一房的。這時候譚大娘就在窗戶後面高聲叫了起來：「金根啊？是不是金根嫂回來啦？」

「噯！是我，大娘！」月香答應著。「大娘你好？大爺好？」

「嗨呀！我剛才還在那兒惦記著你。我在跟老頭子說：『今天幾兒啦？怎麼還不回來呀？』」

紙窗後面油燈移來移去，人影也跟著燈影一同晃動。老頭子咳嗆起來，孩子們從睡夢中驚醒了，哇哇哭了起來。

「大娘，你睡了就不要起來了！」月香說。「我明天早上來給你請安。金有嫂好麼？」

他家的媳婦連忙答應著，「我好呵，金根嫂。」

「沒睡，沒睡，正在這兒念叨你呢！」譚大娘高聲喊著。一面說著，已經息息率率穿好衣服，拔掉門閂，走了出來。老頭子也出來了，手裏挽著個「火囱」，一隻竹籃裏面裝著兩三根熾炭，用灰掩著，成為一個經濟的手爐腳爐。

「進來坐！進來坐！」月香說。

大家都到金根這邊來，金有嫂帶著孩子們也過來了。擠滿一屋子人，坐不下，但是譚大娘硬拉著月香和她並排坐在床沿上。「嗨呀！金根嫂。」她帶笑嘆息著：「我一直在這兒說，怎麼這樣狠心呀——一去就是三年，一次都沒回來過，孩子倒這樣大了！」她伸手去拉阿招，阿招躲在那青地白花土布帳子後面，把臉別過去，死命扳著床柱子不放。

「叫媽！」譚大娘教她。

「媽！」金有嫂捏著喉嚨叫著：「叫媽呀！阿招。」

老婦人在阿招屁股上拍了一下。「你瞧瞧，你瞧瞧，長得多高了！」用譴責的口吻，就彷彿孩子頑皮，闖了什麼禍了。

金根微笑著站在陰影裏。他常做到這樣的夢，夢見她回來了，就是像這樣，房間裏擠滿了人，許多熟悉的臉龐，在昏黃的燈光下。他心裏又有點恍惚起來，總覺得他們是夢，他是做夢的人。有時候彷彿自己也身入其中，有時候又不在裏面。譬如有時候他們說得熱鬧，他插進嘴去，說了話人家也聽不見。

譚老大坐在那裏只管微笑，用一雙毛竹筷子撥著籃子裏的灰。他只問了月香一句話，而且是正著臉色，微仰著頭，注視著離她頭上一尺遠的地方。「航船什麼時候到鎮上的？」

「中午到的。」

從鎮上走回來，走了四十里路，水總要喝一口的，金根想。他走到灶前去，火已經熄了，壺裏倒還有些熱水剩下，倒出來剛夠一碗。他把碗端了來，一抬頭看見黃黯黯的燈光下，坐著滿滿的一屋子人，他站在那裏倒怔住了，不知道這一碗水是遞給誰好。總不見得當著這些人向自己的老婆送茶。他終於紅著臉走到譚老大跟前，將碗遞到他手裏。大家都笑了起來。譚大娘劈手把那碗奪了過來，轉遞給月香，月香不肯接，她硬逼著她接下了。

「你瞧你們金根多周到呀，金根嫂！」她說。

大家鬨堂大笑。連金有嫂，向來是愁眉苦臉的，也跟著笑。金有嫂是個苦命人，生著一張長長的黃臉，眼睛是兩條筆直的細縫。她的微笑永遠是苦笑，而像現在，她從心裏笑出來的時候，臉上卻似乎是一種諷刺性的笑容，其實她也絕沒有諷刺的意思。

「他們小兩口子向來要好，」譚大娘哈哈笑著說，「好得合穿一條袴子。噯呀，可憐呵，這些年不見面——真造孽！」

「瞧這大娘，」月香抱怨著，「這些年不見，一見面就不說正經話！」

「呦！呦！嫌我討厭了！我們走吧，走吧，老頭子，別儘待在這兒討人嫌了，也讓他們兩口子談談心。」

「談什麼心？我們老夫老妻的，孩子都這麼大了！」月香拉著她不放，譚大娘偏裝腔作勢的，再三說：「走吧，走吧！老頭子，自己也要識相點。」

大家都笑，金根也跟著笑，同時也幫著月香極力挽留，客人們終於不再掙扎了，被主人把他們捺到原來的座位裏。一坐定，就又繼續取笑起來。倒像是新婚之夜鬧房的情景了，金根心裏想。他的妻也的確有點像個新娘子，坐在床沿上，花布帳子人字式分披下來，她怕把頭髮碰毛了，把頭略微低著點。燈光照著，她的臉色近於銀白色，方圓臉盤，額角略有點低璧，紅紅的嘴唇，濃秀的眉毛眼睛彷彿是黑墨筆畫出來的。她使他想起一個破敗的小廟裏供著的一個不知名的娘娘。他記得看見過這樣一個塑像，粉白脂紅，低著頭坐在那灰黯的破成一條條的杏黃神幔裏。她這樣美麗，他簡直不大相信她是他的妻，而且有時候他喝醉了酒或是賭輸了錢，還打過她的。

月香提起今年的天氣。她像是有心打岔，金根想。也許她不願意讓人家儘著取笑他們，不愛聽人家說他們要好。他突然心裏一陣痛苦。

「今年還沒下過雪，」月香說，「鄉下怎麼樣？下過雪沒有？」

「今年雨水好，」譚大娘說。

「下過雪沒有？」

「節氣還沒有到呢。」

「就怕它交了春再下，就不好了，」月香說。「今年立春立得早。」

不知道為什麼，有一陣短短的沉默，大家都露出尷尬的神氣。然後譚老大彷彿護短似的，急忙說，「這個天哪，沒準，說下就下。」

「橫是就在這兩天了，我這渾身骨頭疼。」譚大娘反過手去在背上搥了兩下，又高聲說，「明年收成穩是好的，今年雨水足。」

「雨水太多了！」月香心裏這樣想著，就沒有說出口來。她不懂他們為什麼這樣拼命護著這天氣，不許人家稍微有點褒貶，倒好像這天氣是他們兒子似的。鄉下人向來一開口就是訴苦嘆窮，抱怨天氣不好，收成壞，一方面也是怕把話說得太滿了，招了鬼神的忌，同時也是出於自衛，應付歷來的政府與地主對他們的無窮盡的剝削。無論是軍警、稅吏、下鄉收租的師爺，反正沒有一個不是打他們的主意的。所以無論是誰，問起他們的收成來，哭窮總沒錯。久而久之，養成了習慣，連在自己人面前也是這樣，成了一種悲觀的傳統。

而現在他們竟是齊聲讚美著今年的收成。月香聽不慣，覺得非常刺耳，彷彿近於誇大而愚蠢。只聽見譚大娘大聲嘆了口氣，提高了喉嚨唱唸著：「噯喲，現在鄉下好嘍！窮人翻身嘍！老天也幫忙，收成比哪年都好。金根嫂，你可惜回來遲了一步，沒趕上看見——你們金根當上了勞模咧！坐在台上，胸口戴著朵大紅花。真威風啊！區上的同志親手給他戴花。」

月香是個最實際的人。像這一類的光榮，如果發生在別人身上，她並不覺得有什麼大不了，但是因為是金根，她就覺得非常興奮，認為是最值得驕傲的事。她向金根看了看。金根很謙虛，假裝沒聽見，彷彿這談話現在變得枯燥乏味起來，他已經失去了興趣。

「不是我現在才說他好，」譚大娘繼續唱唸著，「我一向就跟我們老頭子說——不信你問他——我說，『你們譚家這些人，就是金根這一個孩子有出息，不是我說！』」

月香笑著說，「那是大娘偏心的話。」她問起分田的事。他們又告訴她，土改的時候怎樣把地主的家具與日用器具都編上號碼，大家抽籤。譚大娘他們家抽到一隻花瓶，一件綢旗袍，金根這裏抽到一隻大鏡子。

「鏡子呢？」月香四面張望著。

「陪給妹妹了。」金根說。

譚大娘說：「金根嫂，你們那鏡子真好呵！真講究——」

金有嫂向來胆小，但是一提起那面鏡子，她興奮過度，竟和她婆婆搶著說起話來。「噯喲！你沒看見，金根嫂——雪亮的一個大鏡子，紅木鑲邊，總有一寸來寬，上頭還雕著花。鏡子足有兩尺高——」

「噯！不止呵！不止呵！」譚大娘說。

「過禮那天，四隻角上紮著紅綠彩——真漂亮！」金有嫂嘆息。

老頭子用竹筷撥著籃子裏的灰，就把筷子指著月香。「抽籤抽的那些東西，就數你們家這個最好。」

「噯，人人都說你們運氣頂好了，」譚大娘說。

金根問他老婆，「你怎麼沒看見——剛才不是上妹妹家去的麼？」

「我沒上她屋去，妹夫不舒服，躺著呢，」月香微笑著說。

「你過天得去看看，」金有嫂慫恿著。「真漂亮呵！」

她還看都沒看見，倒已經給了人了。當然，要是和她商量，她絕不會不肯的，可是問總要問她一聲。她繼續微笑著，心裏卻非常不痛快，聽著他們說話，也懶得接碴。

她坐在那裏老不開口，譚大娘漸漸的有些覺得了。「這回真得走了！」她笑著站起身來。「再不走人家要罵了！」

「什麼話？大娘！再坐一會，坐一會。」月香拉著她胳膊不放。

「真的得走了，你也累了，早點睡吧！噯呀，不容易呵！小兩口子團團圓圓，好容易牛郎織女會面了嘍！」

大家又是一陣鬨笑，就在笑聲中魚貫而出。主人挽留不住，送到門口。燈光漸漸暗下去了，金根沒有再添油，卻把燈籠裏點剩下的一撅紅蠟燭取出來，湊在燈上點著了，黏在一隻青邊碟子上。點蠟燭是一種浪費，但是今天晚上彷彿應當點紅蠟燭，也像新婚之夜一樣。

月香閂上了門，轉過身來低聲向他說：「我剛才一直想問你，當著人沒好說。怎麼收成這樣好，妹妹家裏怎麼吃粥？」

金根沒答話，他正把蠟燭倒過來，把蠟燭油滴在碟子上。

「他們周家原來窮得這樣，」月香說。「我們上了媒人的當了！」

金根不耐煩的笑了一聲。「什麼上了媒人的當！家家都是這樣，我們這一向也是吃粥。」

月香愕然望著他。「為什麼？怎麼收成這樣好，連飯都沒得吃了？」

金根突然別過頭去向窗外望著，一動也不動。他手也沒抬，暗暗的做了個手勢，叫她不要說話。但是她三腳兩步走到窗前，他還沒來得及攔阻，她已經豁喇一聲推開了窗戶。就在這一剎那間，院子裏堆的竹竿豁朗朗一聲巨響，遠遠近近的狗都開始狂吠起來。月光已經移上了白粉牆，院子裏黑洞洞的。她探身出去，四下裏察看著，並沒有人。

她關上了窗，低聲問：「剛才是誰？」

他裝出不在意的樣子，隨隨便便的說：「還不是那些人沒事幹，專門愛蹲在人家窗戶底下偷聽。」

偷聽隔壁戲，她知道村子裏倒是向來有這習慣，因為生活太沉悶了，也是一種消遣。但是她望著他說：「那你怕什麼呢？好好的說著話。我說錯什麼話了？」

他像是感到困惱。「等會再說吧，上了床再說。」

她望著他，半晌沒作聲。然後她緩緩的走開去，打開包袱整理東西。她拿出一雙襪子，一包香烟，是她替他買的。她曉得他的脾氣，所以有意揀選了這兩樣東西，都是他無法給他妹妹的。她另外給金花買了一條毛巾，一塊香肥皂，剛才路過周村的時候已經交給她了。

她給阿招帶了杏仁酥來，但是這時她路走多了，自己肚子裏也餓了。她打開那油污的報紙包。

「阿招你叫我一聲，」她對那小女孩說。「不叫人可是沒得吃。」

阿招站得遠遠的，眼睛烏沉沉的，瞭望著那杏仁酥。

「叫我一聲，不然不給你吃。大家都吃，就是啞巴沒得吃！快叫我一聲！」

阿招在受苦刑，但是她沒辦法，她的沉默四面包圍著她，再也衝不出去。而且多挨一分鐘，那沉默的牆又加高若干尺。越是不開口，越是不好意思開口。

結果還是月香說，「好了，好了，不要哭。你哭，不喜歡你了！」

母女倆都吃餅，月香又遞了一隻給金根。

「你吃，」金根說。

「本來是帶來給你們吃的。」

「留著給阿招吃吧。」

「還有呢，」月香說。「你吃。」

他非常不情願的接了過來，很拘束的吃了起來。在燭光中，她看見他捏著餅的手顫抖得很厲害。她先還不知道那是飢餓的緣故，等她明白過來的時候，心裏突然像潮水似的漲起一陣憤怒與溫情。

阿招的餅吃完了。要不是她對那陌生人還有三分懼怕，她決不會肯把剩下的幾隻留著過夜。月香催她上床睡覺，替她脫衣服，一面脫，一面喃喃說著：「噯喲！看這棉襖，破得這樣也不補補，弄得像小叫化子一樣。——天哪，髒得傷心！」她笑了起來。「瞧這鈕子！一隻好的也沒有。」她的笑罵其實都是針對著她的小姑。她不在家，一向是金花替她照管孩子，這些當然都是金花的事。但是那孩子不明白這一層，以為是說她。她眼睛裏的淚水又往上湧，嘴唇顫抖著咧了開來。

「咦，怎麼又哭了？」月香詫異的問。「這回又是為什麼？」她把臉貼在阿招潮濕的面頰上。「唔？為什麼哭？告訴媽！」

阿招沒有回答。月香把她抱起來，給她坐在床上，把腳上的棉鞋脫了。「不冷麼？快鑽被窩！快！你告訴媽為什麼哭。還在那兒惦記那兩隻杏仁酥吧？那就快睡，早早睡了，明天一早起來吃杏仁酥。唔？」

月香坐在床沿上，把阿招的衣服攤開來蓋在被窩上面。金根走過來坐在她旁邊。他伸手捻了捻她棉襖的衣角，摸摸那衣料。是一種充呢的布，淡紫與灰色交織的小方格，夾著一條條的紅線。他似乎在嘴角浮起一絲微笑。他是認為這衣料太花呢？還是太浪費？很難斷定他心裏是怎樣想。也許他根本沒有不贊成的意思，雖然他那神氣看上去彷彿是有點不贊成。

他把一隻手伸到她棉襖底襟下面渥著。她噯喲了一聲，把身體一縮，叫了起來，「冷死了！」

「冷，怎麼不睡？」

他湊近了些，她就把一隻手擱在他頭上，用勁的緩緩撫摸著。手很粗糙，撳在他剃光的頭上短而硬的髮樁上，噝噝唆唆響著。

她低聲說，「人人都說鄉下好，鄉下好，鄉下好。現在城裏是窮了，差不多的人家都僱不起傭人。又不許東家辭傭人。所以我們那東家老是告訴我，『現在你們鄉下好嘍！我要是你，我就回鄉下去種田。』現在我才曉得，上了當了！」

她懊悔她回來了，金根想。才回來，倒已經懊悔了。兩個人在一起，她並不覺得有什麼好，不像他看得這樣重。他微笑著緩緩的說，「是呀，現在鄉下是苦。不然早就寫信叫你回來了。我也是怕你回來過不慣。」

「什麼叫過不慣？」她突然憤怒起來，聲音立刻提高了。「你當我在城裏過的什麼享福日子？」

他不作聲。她本來有許多話要說，想想到底是第一天回來，不見得第一天就吵架，於是就又忍住了。她彎下腰去，把阿招的小棉鞋拾起一隻來，拍了拍灰，拿在手裏翻來覆去看著，就著燭光。

「這是妹妹做的？」她帶著挑剔的神氣，這樣問著。

「是她外婆給她做的。」

「哦。」她滿意的想，「我說呢！看著也不像他妹妹的針線。」一方面嘴裏說：「我媽的眼睛倒還不壞，還看得見做棉鞋。明天我回去看媽去。」

「明天還不歇歇，過天再去吧——來回又是三十里地。」

阿招突然叫了起來：「爸，我也要去！」

「你還沒睡著？」金根說。

月香別過身去替她把被窩往上拉拉，又嗅嗅她的面頰。「快睡吧！不聽話，明天不帶你去。」

但是阿招太興奮了，久久睡不著。那幾隻杏仁酥彷彿具有一種活力，有它們在房間裏，空氣都有些異樣。

月香捏著拳頭在膝蓋上搥了兩下。「腿瘦死了！大概這兩年在城裏沒怎麼走路，就走不動了。」

「我就知道你不行！」金根愉快的笑了。他很高興他有一個機會可以嘲笑她。「還說明天就要到你媽那兒去，來回又是幾十里。」

她動手解衣鈕，忽然想起來，把手伸到衣袋裏去，掏出錢來數了數。他很願意知道她還剩下多少錢，但是她不說，他也不問。反正不會有多少剩下來，她每月都往家裏帶錢。他又覺得羞慚起來。

她數了又數，彷彿數目不對。他不願意在旁邊看著，就突然站起身來走開了。

她忽然抬起頭來。「咦？你這時候去開箱子幹什麼，半夜三更的。」

床頭堆著一疊箱子，他從箱底取出一張很大的紙，攤在桌上，用手抹平了，自己倚在桌子角上低著頭看著，耐心的等她數完了錢。然後他把那張地契挪到她面前來，安靜的微笑著說，「你看。」

紙上的字寫得整整齊齊，蓋著極大的圖章與印戳。數目字他是認得的，他又指給她看他的名字在哪裏。他們仔細研究著，兩隻頭湊在那蠟燭小小的光圈裏。

她非常快樂。他又向她解釋，「這田是我們自己的田了，眼前日子過得苦些，那是因為打仗，等仗打完了就好了。苦是一時的事，田是總在那兒的。」

這樣坐在那裏，他的兩隻手臂在她棉襖底下妥貼的摟著她，她很容易想像到那幸福的未來，一代一代，像無窮盡的稻田，在陽光中伸展開去。這時候她覺得她有無限的耐心。但是她不能不掙脫他的手臂。「阿招還沒睡著呢，」她說。

「睡著了，」他說。

「剛才還在那兒說話呢。」

「睡著了，」然後他說，「從前你也不這麼怕她。」

「從前她還小。」

他在看她頸項背後的一個黑點。他伸手摸了摸。「還當是個臭蟲，」他說。

「航船上臭蟲多得很。」

「是個痣。咦，你幾時長的這個痣？」

「我怎麼知道？我背後又沒長眼睛。」

「從前沒有的。」

「三年工夫還長不出一個來？」

他有點羞澀的笑了起來。「噯，三年了。」

蠟燭點完了，只剩下一小攤紅色的燭淚，一瓣疊著一瓣，堆在碟子裏，像一朵小紅梅花。花心裏出來一個細長的火苗，升得很高，在空中盪漾著。

阿招在做夢，夢見在外婆家裏吃杏仁酥。她父親和她的姑母金花都在那裏，還有許多別人。但是她的母親還太陌生，沒有到她的夢裏來。

四

瓦上淡淡的霜在朝陽中漸漸溶化了。屋頂上就是山，黑壓壓的一大塊。山上無數的樹木映著陽光，樹根變得非常細，看上去僅僅是一根白線，細得幾乎沒有了，只看見那半透明的淡綠葉子；每一株樹都像一片淡金色的浮萍，浮在那影沉沉的深山裏。

月香抬起頭來望著，上面山頂上矗立著一棵棵雞毛帚小樹，映著天光，成為黑色的剪影。山頂有一處微微凹進去，停著一朵小白雲。昨天晚上她從鎮上走回家來，看見那上面有一點亮光，心裏想著不知道是燈還是星。真要是有個人家住在山頂上，這白雲就是炊烟了。果然是在那裏漸漸飄散，彷彿比平常的雲彩散得快些。

昨天晚上在黑暗中走著，踩了一腳狗屎。她用一塊潮抹布把那隻布鞋擦了又擦，擱在屋簷下晾著。最好是用酒擦，應當到隔壁去借點酒來，譚老大向來喜歡喝兩盅。

但是她又想，現在這時候誰還釀酒，連飯都沒得吃。她又把她的鞋子拾起來，無情無緒的用抹布擦了兩下。

早知道這樣，她不回來了，想法子讓金根也到上海去。當然這張路條是不容易打的。她回鄉下來的時候，那時一申請，就領到了路條，因為現在正鼓勵勞工回鄉生產。所以現在上海街上三輪車夫都少了許多，黃包車夫是完全絕跡了。可是她總想著，既然還有人能夠在那裏苦挨著，混碗飯吃，她和金根為什麼不能夠，又不是缺隻胳膊少隻腿。

如果兩個人都到上海去，阿招只好送到她外婆家去，交給她外婆看管，每月貼他們一點錢，想必他們也沒有什麼不願意。不過她知道，金根是一定不會肯去的。才分到了田，怎麼捨得走。一走，田就沒有了。

到了城裏，要是真找不到事情怎麼辦？她總覺得城裏的活路比較多，不像鄉下。她可以想像她自己坐在馬路邊上補尼龍絲襪。現在上海照樣有許多人穿尼龍襪，有的是存貨，有的是走私運進來的。她的老東家也許肯借一點錢給她做本錢，買那麼一隻小箱子，裏面有補襪子一切應有的裝備。到了夏天，沒有人穿襪子了，她和金根可以在衖堂口擺一個設備簡單的攤子，給人燙衣服，嘴裏含著水噴在衣服上。她記得去年這一類的攤子相當多，想必總是生意很好。攤子上訂價總比洗染店便宜，現在這時候，誰不要打打算盤。

要是什麼生意都做不成，那就只好拾拾香烟頭，掏掏垃圾，守在橋頭幫著推車子，混一天是一天。金根有個表兄是看衖堂的，也許他肯答應讓他們在他的衖堂裏搭一個蘆蓆篷，暫且棲身。苦就苦一點，只要當它是暫時的事，總可以忍受。她總信她和金根不是一輩子做癟三的人。

然而她突然想起來，有一天在馬路上看到的一件事，身上不由得一陣寒颼颼的。有一天她到小菜場去，路上看見大家都把頭別過去，向同一個方向望著。有人竊竊私語：「看喏！看喏！在捉癟三！」兩個警察一邊一個，握著一個男子的手臂，架著他飛跑，向路邊停著的一輛卡車奔去。兩個警察都是滿面笑容，帶著一種親熱而又幽默的神氣，彷彿他們捉住了自己家裏一個淘氣的小兄弟。他們那襤褸的俘虜被他們架在空中，腳不點地，兩隻瘦削的肩膀高高的聳了起來，他也在那裏笑，彷彿有點不好意思似的。月香好奇的看著他。她曉得他一定也知道，捉了去就要送去治淮，送到淮河沿岸的奴工營裏，和大群的囚犯與強徵來的勞工站在河裏工作，水齊肚子。她知道，因為她們衖堂裏就有些女人是反革命家屬，丈夫正在經過「勞動改造」。

但是這些事究竟遙遠得很，她現在是在自己家鄉的村落裏。她嘆了口氣，回到房屋裏面去，支起鏡子來梳頭。她的烏油油的頭髮留得很長，垂到肩膀上，額前與鬢邊的頭髮盤得高高的。這一隻腰圓鏡子久已砸出一條大裂紋，用一根油污的紅絨繩綁著，勉強可以用。平常倒也不覺得什麼，這時候她對著鏡子照著，得要不時的把臉移上移下，躲避那根絨繩，心裏不由得覺得委屈。有好鏡子輪不到她用，用這麼個破鏡子。自從到他們家來，從來就沒有一樣像樣的東西，難得分到個鏡子，就又給了他妹妹，問都不問她一聲。

「金根嫂！」有人在外面叫她。是金有嫂在門口張望著。

「噯，金有嫂，進來坐。」

「金根哥呢？」

「出去打柴去了。」

金有嫂聽見說金根不在家，方才走了進來。

「梳頭呀？」她說。「噯喲，你這鏡子可惜，怎麼破了。」月香心裏正在那裏怕她由這鏡子上又想起那面鏡子，她果然就是這樣。她憔悴的臉龐突然發出光輝來，彎下腰向前湊了湊，低聲說，「噯，真的，幾時你到周村去看看你那鏡子。真好看呵！」她小心的四面張望了一下，再把聲音捺低了點，「噯，其實要叫我說，自己留著用用不好麼？這時候還講究什麼陪送，現在不興那些了。新娘子都不坐轎子了，都是走了去，不論十里二十里，都是走了去。」她笑了起來。她的命雖苦，至少這一點上她可以說沒有什麼遺憾，她是花轎抬了來的。「你們金花就是自己走去的。——所以我說，現在時世兩樣咧！不講究什麼陪送了。」

月香笑了笑。她也知道金有嫂是個老實人，她說這樣的話是真心衛護她，但是她非常不愛聽這話，就像是人家都覺得金根偏向著他妹妹，都替她抱不平。

她笑著叫了聲「金有嫂，」說，「論起來現在時世兩樣了，本來也用不著講究那些了。不過我們金花妹嫁過去，他們周家不止她一個媳婦。先來的幾個，人家個個都有陪送，單單她沒有，我們說是時世兩樣了，給人家說起來，那又是一樣的話了，豈不是叫她難做人。金有嫂你說我這話對不對？」

金有嫂連連點著頭，但是顯然並沒有聽明白她的話，只是一味點頭，心不在焉的說，「是呀，」「是呀，」就像月香的意見與她完全相同。等月香一番話說完了，她又湊近前來輕聲說，「當時是也輪不到我說話，像我們這都是外人。你又不在家。」

月香非常著惱，把說話聲音提高了，臉上的笑容也更甜蜜了些。「其實我在家不在家都是一樣，我從前一直就對他說的，我說你就只有這麼一個妹妹，家裏窮雖窮，妹妹出嫁的時候總要像個樣子，也叫真是不巧，剛趕著她辦喜事碰到現在這為難的時候，也沒有什麼好東西陪給她。」

金有嫂略略呆了一呆。沒有什麼好東西陪給她！口氣好大，彷彿把那鏡子看得一錢不值。金有嫂不由得有些生氣。

月香想出些別的話來岔開了，問起村子裏的張家長，李家短，閒談了一會，大家漸漸沉默下來了，然而金有嫂並不像要走的樣子。她顯然是心裏有事。

「兩個老的叫我來跟你說——」金有嫂終於囁嚅著說，臉漲得緋紅。「他們是長輩，不好意思對你開口。」

他們要借錢。金有嫂把他們的苦況向她仔細訴說，收成雖然好，交了公糧就去了一大半。現在那些苛捐雜稅倒是沒有了，只剩一樣公糧，可是重得嚇死人。蠶絲也是政府收買，茶葉也得賣給政府，出的價特別低。

「今年我們的麻上又吃了虧。」金有嫂說。

她告訴月香，老頭子怎樣把麻挑到鎮上去，賣給合作社。去得太早了，合作社的幹部還沒有起床。被他吵醒了，很不高興，睡眼矇矓從被窩裏伸出一隻手來，讓老頭子把一綹麻放在他手心裏。

「不合格，」他馬上宣判。

老頭子懊喪的回家去。後來他又聽見村子裏的人說，這些幹部沒有準的，有時候被退回的麻再挑了去，竟被接受了，還評了個「等外一」。

所以老頭子又把一担麻挑到鎮上去。那一天合作社裏擠滿了農民，都挑了麻來賣，所有的幹部都非常忙碌。有一個走過來，向老頭子的麻略微瞟了一眼，就踢了它一腳，不耐煩的說，「快挑走！不合格！」他們防他下次再挑了來，把一桶紅水向那白麻上一潑。那是新訂的規矩。

老頭子把一担紅水淋漓的麻挑出合作社，把担子放下來，坐在河邊。他一直在那裏坐到天黑，時而大聲嘆著氣。然後他看見金根從合作社挑著担子出來。金根的麻也染得鮮紅。他的臉也通紅的，走到橋邊，就賭氣把麻都丟到河裏去。

「你這是幹什麼？」老頭子叫了起來。「小心給人看見。」

已經有一個幹部跟了出來，在那裏叫喊著：「你這算什麼？你想訛誰？」

「東西沒有用，扔了它總不犯法！」金根嚷著。「本來你們不要，我還可以賣給別人。你把它染紅了，叫我拿去賣給誰？」

「這傢伙真憊賴！」那幹部大聲喊著：「你當是你把東西扔了，政府就給你訛上了，是不是？我曉得你們這些人——沒一個好的。哪，你這老頭子。」他指著譚老大，「你怎麼還坐在這兒？在這兒耗了一天了，老不走，你想訛誰？」

月香聽了說，「金根就沒告訴我這樁事。」

「他當時是氣得要死，」金有嫂說。

她接著又說起那回發動大家做軍鞋，一家認幾十雙，黑天白日的趕做，金有嫂說她納鞋底，把手指頭都磨破了。不要說買鞋面布和裏子，就連做鞋底的破布和麻線，哪樣不要錢？幹部挨家來訪問，做得慢的人家，就催促他們加緊工作完成任務；做得快的人家，就想法子叫他們再認下二十雙。「鞋底要做得厚，做得結實，」幹部再三說。「我們的戰士穿著這鞋要走上幾千里地，到朝鮮去打美國鬼子。要不是虧了我們的志願軍在朝鮮擋住了他們，美帝早打到我們這裏來了！」

繳上了軍鞋，跟著又是「支前捐獻」。最厲害的是那回「捐飛機大砲」，逼著周村向這村子「挑戰」。有許多新名詞金有嫂也說不上來，但是她說的比昨天晚上金根在枕上告訴她的要清楚得多，因為金根總是半吞半吐，遮遮掩掩的，並不是他不肯告訴她，根本他自己心裏也矛盾得很厲害。

「金根嫂，我告訴你這些話你千萬不要跟金根哥提起。就是在我們家兩個老的面前，也千萬不要漏出來。他們要是知道我告訴你這些話，要嚇死了。」金有嫂神經質的吃吃笑了兩聲，又別過頭去望了望。月香知道他們怕金根是因為他當了勞模。

「早曉得鄉下這樣，我再也不會回來的，」月香說。現在輪到她訴苦了。「金有嫂你是知道的，這一家子就靠我月月寄錢回來，一會又是小孩病了，這回又是嫁妹子了……我一共才賺那麼點錢，衣裳、鞋、襪子、舖蓋，什麼都是自己的，上海東西又貴，哪兒攢得下錢來。」

「比我們總好些呵！」金有嫂又把臉湊到月香跟前，輕聲說：「從前有這話：『窮靠富，富靠天。』像從前真是遇到災荒的時候，還可以問財主借點米，現在是借都沒處借——」她還要再說下去，聽見院子裏大門響，連忙去張望，是金根打了柴回來了。扁担挑著兩大捆枝枝椏椏的樹枝，連枝帶葉，蓬蓬鬆鬆的，有一個人高，彷彿有個怪鳥張開兩隻大翅膀棲在他肩上。他側著身子，小心的試探了半天，方才從門裏挨進來。

他一回來，金有嫂就悄悄的走開了。

但是那天下午，村前村後接二連三有人來探望月香，都是來借錢的。他們抱的希望非常小，只相等於城裏買一副大餅油條的錢。但是一個個都被月香婉言拒絕了。他們來的時候含著微笑，去的時候也含著微笑。

來的人實在多，月香恐懼起來了，對金根說：「我又沒有發了財回來，怎麼都來借錢。」

「向來是這樣的。」他微笑著說。一提起現在鄉下的情形，他總是帶著一種護短的神氣。「反正只要是從外頭回來的人，總當你是發了財回來。」

他要她多淘點米，中午煮一頓乾飯。她不肯，說：「得要省著點吃了，已經剩得不多了。明年開了春還要過日子呢！」

「難得的，吃這麼一回。」

「為什麼今天非吃飯不可？又不是過年過節，你的生日也早過了，」她笑著說。她想聽他親口說一聲，今天是她第一天回來，值得慶祝。

但是他只是露出很難為情的樣子，固執的說，「不為什麼。這些天沒吃乾飯了，想吃一頓飯。」

最後她只好依了他，然而她到米缸裏舀米的時候，手一軟，還是沒捨得多拿，結果折衷的煮了一鍋稠粥。

還沒坐下來吃飯，金根先去關門。「給人家看見我們吃飯，更要來借錢。」

「青天白日關著門，像什麼樣子？」她瞪了他一眼。「給人家笑死了！」除了晚上睡覺的時候，門是從來不關的，不論天氣怎樣冷。

結果金根只好捧著一隻碗站在那裏吃，不時的到門口去聽聽外面的聲響。

他突然緊張起來。「快收起來！」他輕聲說，「王同志來了。」

外面已經有一個外路口音的人在喊，「金根在家吧？」

金根把手裏的飯碗交給月香，匆忙的走了出去，想去門口迎著他，說兩句話，多耽擱一點時候。月香把兩隻碗一送送到床上，擱在枕頭邊，正好被帳子擋住了，看不見。但是究竟是粥不是飯，得要擱平了，怕它倒翻了流出來。她再去搶阿招手裏的碗，阿招偏捨不得放手，月香又怕那滾熱的粥潑出來燙了阿招，不免稍微躊躇了一下，金根倒已經陪著王同志走進來了。

王同志是矮矮的個子，年紀過了四十了，但是他帽簷底下的臉依舊是瘦瘦的年青人的臉。他的笑容很可愛。身上穿著臃腫的舊棉制服，看上去比他本人胖大了一圈。腰帶箍緊了，使他胸前高高的墳起，臀後聳起一排綯褶，撅得老遠，倒有點像個西洋胖婦人的姿態。

「這是金根嫂吧？」他客氣的說：「你們吃飯！吃飯！來得不巧，打攪你們！」

他們堅持著說已經吃完了。阿招看見了王同志，也有幾分害怕，自動的把飯碗放了下來，擱在椅子上。

「趁熱吃吧，阿招！不吃要冷了。」王同志向她笑，撫摸著她的頭髮。「又長高了！看見她一回高一回。」他把她一把抱了起來，舉得高高的。阿招雖然也暗暗的覺得興奮，依舊板著臉，臉色很陰沉。

「王同志請坐，」月香含笑說。她趕緊去倒了碗開水來。「連茶葉都沒有，喝杯水吧，王同志！」

「不用費事了，金根嫂，都是自己人。」王同志在椅子上欠了欠身。「請坐，請坐。」月香在他對面坐了下來。

「昨天才回來的？辛苦了吧？」王同志笑著說。

月香把路條從口袋裏摸出來，遞給他看。他一面看一面說：「好極了，好極了。還鄉生產，好極了！金根嫂，你這次回來一定也覺得，鄉下跟從前不同了，窮人翻身了。現在的政府是老百姓自己的政府，大家都是自己人，有意見只管提。」

然後他向她誇獎金根，說他是這裏的積極份子。又告訴她他當了勞模是多大的光榮。金根坐在床上忸怩的笑著，沒說什麼。

「現在你回來了，好極了，大家一心一意的搞生產，」王同志說。「把生產搞好了，還要學文化。趁著現在冬天沒事的時候，大家上冬學，有鎮上下來的小先生教我們。金根嫂，現在男人女人都是一樣的，你們夫婦倆也應當大家比賽，他當了勞動模範，你也得做個學習模範。」他呵呵的笑了起來，金根與月香也都笑了。

談了一會，王同志站起來走了，夫婦倆送了他出去，回屋裏來，月香就說：「這王同志人真好，連開水都沒喝一口。」從來沒有一個人像這樣對她說過話，這樣懇切，和氣，彷彿是拿她當作一個人看待，而不是當一個女人。

「王同志是個好人。」金根說。

但是她注意到他非常不快樂，因為那碗稠粥被王同志看見了。

「叫你快點收起來，怎麼摸索了這麼半天，還剩一碗在外頭。」他煩惱的說。

她向他解釋，因為阿招抱著個碗不肯放，要使勁搶下來，又怕潑出來燙了孩子的手。然後她也生起氣來了。「也都是你，一定要吃飯，我怎麼說也不聽。」

「真要是聽我的話煮了飯倒又好了，誰叫你煮得這樣不稀不乾的。乾飯是不怕潑出來燙手的。」

「好，都怪在我身上！」她咕嚕著說。「也沒看見像你這樣，又要吃，又要怕。」

「我要吃飯——誰要吃這乾粥爛飯，漿糊似的。」

「你不吃就不吃，誰逼著你吃？」

她把幾碗冷粥倒回鍋裏去熱了熱。結果金根也還是在沉默中吃掉他的一份。

飯後她到溪邊去洗衣服，她蹲在那石級的最下層，拿起棒槌來搥打著衣裳。忽然，對岸的山林裏發出驚人的咚咚的巨響。她記得她才嫁到這村子裏來的時候，初到這溪邊來洗衣服，聽見這聲音總是吃驚，再也不能相信這不過是搗衣的回聲。總覺得是對岸發生了什麼大事，彷彿是古代的神祇在交戰，在山高處，樹林深處。

近岸的水邊浮著兩隻鵝，兩隻杏黃的腳在淡綠的水中飄飄然拖在後面，像短的緞帶。

「媽，外婆來了！」阿招遠遠叫著，跑了過來。

她本來預備今天歇一天，明天回娘家去看她母親，沒想到她母親倒已經知道她回來了，馬上等不及，就跑了來看她。這樣遠的路，她很不過意。航船上遇見兩個熟人，是她娘家那村子裏的人，大概是他們回去說的。

她匆匆的絞乾了衣服，和阿招一同回去。金根陪著她母親坐在那裏。她姊妹非常多，母親只喜歡一個小兒子，一向和她不大親熱的，但是幾年不見面，見了面大家不免都有些傷感。她母親老得多了。大家談起家族以及親戚間的生育、死亡、婚嫁，談了許久。她母親說起新近死了的一個親戚，說他是給兩個幹部倒吊起來打，得的吐血毛病。她說說又噓回去了，只嘆了口氣，說：「你們的王同志好。」

過了一會，金根走到院子裏去，站在大門口吸旱烟，讓她們母女說兩句私房話。

她們在裏面很久很久。他知道她母親一定會向她借錢的。

她母親走的時候，他們夫婦倆一直送到村口。在這山鄉裏，太陽一下去，立刻就寒冷起來，滿山的灰綠色的竹林子唏唆唏唆響著，噓出一陣陣的陰風。夫妻倆牽著阿招的手站在那裏，看著那老婦人在大路上走著，漸漸遠去。金根猜著月香一定把她所有的積蓄都借給她母親了，她彷彿很不快樂。

五

月香回來了沒有多少天，已經覺得完全安頓下來了，就像是她從來沒有離開這裏過。

早晨，金根在院子裏工作，把青竹竿剖成兩半，削出薄片來。然後他稍微休息了一下。他從屋子裏拖出兩隻已經完工了的大竹筐，掇過一張椅子，坐了下來，對著兩個竹筐吸旱烟，欣賞他自己的作品。竹筐用青色與白色的篾片編成青與白的大方格，很好看。

他坐在地下，把長條的竹片穿到筐裏去，做一隻柄。做做，熱起來了，脫下棉襖來堆在椅子上。

一個遠房的堂兄弟，肩上担著十幾根幾丈長的顫巍巍的竹竿，從山上下來，走進院門，把竹竿摭在地下，豁啷啷一聲驚天動地的巨響。金根只顧編他的籃子，頭也不抬。

月香走了出來，坐在簷下補綴他脫下來的那件棉襖。兩人都迎著太陽坐著，一前一後。太陽在雲中徐徐出沒，幾次三番一明一暗，夫妻倆只是不說話。

太陽晒在身上暖烘烘的，月香覺得腰裏癢起來，掀起棉襖來看看，露出一大片黃白色的肉。她搔了一會癢，把皮膚都抓紅了，然後她突然疑心起來，又把金根那件棉襖攤開來，仔細看了看，什麼都沒有。於是她又把他的袖子掏出來，繼續補綴。

金根做好了一隻籃子的柄，把一隻腳踏在籃腳子裏，試著把那隻柄往上提了提，很結實。譚老大兩隻手筒在袖子裏，匆匆忙忙走過去，但是一看見那隻新籃子，就停了下來，把一隻腳踹進去，拎著柄試一試。試完了，一句話也不說，就又走了。別的本家兄弟叔伯在院子裏經過，沒有一個不停下來的，全都把腳踏在籃子裏，試一試那隻柄牢不牢，然後一語不發的走了。

月香在一張露天的板桌上擺下了碗筷。桌子正中放了一碗黑黝黝的鹹菜，旁邊一隻高高的木桶盛著粥。阿招不知道怎麼這樣消息靈通，突然出現了，在桌子旁邊轉來轉去。

「嗨，來吃飯啊！」金根愉快的向那孩子大聲喊著，其實完全不必要，她早已等不及的把自己的一隻櫈子搬了來了。他第一筷就夾了些鹹菜擱在她碗裏。

月香幾乎碰都沒碰那鹹菜。彷彿一個女人總不應當饞嘴，人家要笑話的。但是金根吃完了一碗，別過身去盛粥的時候，她很快的夾了些菜，連夾了兩筷。

一隻黃狗鑽到金根椅子底下尋找食物。一條蓬鬆的尾巴在金根背後搖擺著，就像是金根的尾巴一樣。

譚大娘在旁邊走過，特地探過頭來看明白了他們吃些什麼。然後一聲不言語，走了。近來譚大娘和他們比較冷淡，因為她疑心金有嫂老是在背後對月香訴苦，說她的壞話，恨她嘮叨，恨她整天找碴子磨人。金有嫂背後抱怨，當然也是事實。

白粉牆高處畫著小小的幾幅墨筆畫。一幅扇面形的，畫著一簇蘭花；一幅六角形的，畫著琴囊寶劍——都是些距離他們的生活很遠的東西，和月亮一樣遠。最上面的一幅，作長方形，經過半世紀的風吹雨打，已經看不清楚了，如同早晨時候天邊的微月。

金根先吃完，他掇轉椅子，似乎是有意的，把背對著月香，傴僂著抽旱烟。

六

金有嫂洗了衣裳，晾在界碑上。那古舊的石樁，斑斑點點一臉麻子。灰黑色的衣服披在碑上，疲軟的垂下來，時而在風中微微飄兩飄。

「噯，金有嫂，飯吃過了沒有？」

她抬頭一看，不覺慌了手腳。是王同志向這邊走了過來，還有一個陌生人和他在一起，也穿著制服。她向來一看見王同志就發慌，使他也覺得不安，怕她應對失當。這一次她回答得倒很得體。「噯！吃過了。」她含笑答應著。「你也吃過飯了，王同志？」

他並沒有聽見她說了些什麼，就匆忙的替她遮掩了過去，大聲說：「好極了！好極了！你公公在家吧？」

她慌慌張張走進大門，嚷著：「王同志來了！」

譚老大與譚大娘滿面笑容迎了出來。王同志把他同來的那穿制服的人介紹給他們。「這是顧岡同志，」他說。「顧同志是上海來的，來研究我們這裏的生活情形。他要跟你們住在一起，過一樣的生活。」

他們笑嘻嘻的和顧岡招呼。顧岡有三十來歲的年紀，瘦長身材。戴著黑框眼鏡，眼鏡框再加上他的濃黑的眉毛，彷彿犯了重。他的棉制服是上等的青嗶嘰面子，而且是簇新的，看上去彷彿他沒很穿慣解放裝，有點周身不合褶。他向他們解釋，說他是文聯派下來的一個電影編導，下鄉體驗生活，收集材料。

有一個民兵小張同志，是王同志的勤務員，挑著顧岡的行李，氣喘喘的從後面趕了上來。顧岡似乎覺得他在這情形下，不能不和他極力爭奪，想把行李搶下來，自己搬進去。小張同志又不肯放棄，兩人一路扭打著，挑担子的腳步歪斜，幾次差一點栽倒在地下。

在土改期間，譚老大家裏也曾經住過知識份子，所以他們也習慣了，相當鎮靜。他們很小心，決不敢向客人道歉，說吃得不好，房子不好，也不說「同志是上海下來的？」一向習慣總是說「由城裏下來」，但那是錯誤，彷彿表示城市的地位比鄉村高。

他們領客人去看他們擱磨盤與農具的一間房。可以把這些東西都搬出去，把門卸下來做舖板，架在兩隻板櫈上。顧岡說好極了。然後他們回到正房去，大家欣賞他們抽籤抽到的那隻深藍色花瓶，是他們分到的地主的東西。

經王同志要求，譚大娘跑了去把金根和他老婆叫了來。金根是勞模，他老婆又是最近「還鄉生產」的，很能代表現在一般的新氣象。顧岡對他們的印象很深。這些農村婦女倒是的確有非常漂亮的，他想。

譚大娘說的話最多。別人大都只是含著微笑，喃喃的說兩聲「現在鄉下好嘍！」或者「現在兩樣嘍！」譚大娘總是中氣很足的高叫著：「要不是毛主席他老人家，我們哪有今天呀？」她永遠在「毛主席」後面加上「他老人家」的字樣，顯得特別親熱敬重。

顧岡可以看出來，她是王同志最得意的展覽品，也許他讓他住在她家裏，就是為了這原因。王同志臨走的時候，顧岡送他出去，王同志用一種寬容的口吻說起那老婦人：「她倒是有一樁——說話非常直爽。」

王同志已經和他提起過這裏的冬學，建議叫他去教書，可以和群眾多一些接觸。現在他又說：「好好的休息休息吧，同志，路上一定辛苦了。明天我來陪你到識字班去，給你介紹介紹。」

他又詳細解釋識字班的重要性，可以提高農民的政治覺悟。聽他說起來，簡直彷彿顧岡現在要和鎮上的小學生們輪流担任的這份工作，是全國最偉大最艱鉅的工作。顧岡心裏想，這王同志的確是一個很好的宣傳家。王的黨齡也很長，而且據他自己說，從前在蘇北還有過實際戰鬥經驗。他實在應當有一個較好的位置。為什麼到現在還是在這窮鄉僻壤做一個村幹部呢？也許是因為黨內派系的鬥爭，使他鬱鬱不得志。甚至於他也許曾經跟過某一個被毛澤東清黨「清」掉了的中堅份子。如果是那樣，那他就是個危險人物了，不宜太接近。顧岡因此謹慎了起來，態度也冷淡了許多。

王同志一個人走回去，他住在區公所裏，區公所就是從前的武聖廟。他離開了顧岡以後，方才自己覺得，剛才他說了很多的話，關於他的過去——在日本人佔領期間做地下工作，後來風聲緊了，又逃到蘇北去參加新四軍。他本來並沒打算提起這些——對一個初次見面的人，何必告訴人家這些話。「英雄不道當年勇。」難道他已經成了個嘮叨的老年人，只生活在自己的回憶裏。自己想想覺得很難過。大概是因為顧岡對他的態度裏彷彿帶著點輕視，使他不由得要誇耀自己的過去，「也讓他知道知道我從前的歷史。」他最討厭顧岡和他說起國內新聞的時候，那神氣就像是以為他除了當地村莊裏的事情之外，一無所知。

他從來沒聽見過這顧岡的名字。但是從文聯負責人寫的那封介紹信的口氣上面，可以看出他是「解放」後才加入他們的陣營的。

「我自己算算，為黨服務不止二十年了，永遠在鬥爭的核心裏，」王同志對自己說，「現在倒在這裏招待這投機份子，還要被他看不起。真是活回去了！——這麼一個不要臉的機會主義者，胆小如鼠的知識份子，統治階級的走狗，搖身一變，也前進起來了，還要看不起人！」

他自己也知道不應當濫發脾氣，對於顧岡的估計也不一定正確，但是心裏總覺得鬱塞得厲害。他很希望他回到廟裏的時候，有兩個農民在他的辦公室等候著，有些什麼糾紛要等著他解決。那也許會使他胸中的悶氣稍微疏散些。他很會對付農民。做一件自己善於做的事，那總是相當愉快的。而且在農民的心目中，他就是政府。他們使他感覺到他是龐大的機器上的一個不可缺少的輪齒，而不是一個過了時的工具，被丟在一個黑暗的角落裏。

他平常總是從早忙到晚，沒有片刻的閒空，但是今天下午似乎竟是無事可做。他回到廟裏之後，在他的寫字檯前面坐了一會，無聊得很，又站起來，背著手踱到外面去。小張同志替他管家，坐在門前一隻蒲團上，在那裏剝蒜。破舊的蒲團，藍布綻開來，露出裏面一根根的稻草。

小張同志洗了衣服，在那雕花窗檻上穿了一根繩子晾著。淡淡的一塊日影，照在那慘紅的廟牆上，一動也不動。

王同志忽然想起來，他似乎永遠是住在廟裏，在那些寬廣的殿堂上，黑洞洞的空房裏；被逐出的神道彷彿陰魂不散，仍舊幢幢來往著。他從前和沙明結婚的時候，也是住在廟裏。他知道的——反正只要一想起從前的事，馬上就會想起她來，那似乎是最容易記起的一部份。

第一次見到她，是有一次幹部開大會。他在蘇北的新四軍裏——那時候他就用著現在的名字，叫王霖。那次把所有的幹部都集中在一個小縣城裏上大課，借一個地主的住宅。地主本人不在那裏，搬到蕪湖去了。那陰黑的大廳，豎著一根根青石柱子，風颼颼的，有點像戶外的黃昏。大家都坐在磚砌的地下聽演講，各人記筆記，膝蓋上頂著一本拍紙簿。演講照例是以喊口號作為結束。大家一律站起來跟著喊，「毛主席萬歲！」同時把帽子紛紛丟到空中去，用盡力氣，能丟多高就丟多高。但是帽子落下來的時候，不是每一個人都能夠有本事接到自己那一頂。大家正手忙腳亂滿地搶帽子，演講的人倒已經又高高豎起一隻手臂，嘶啞的喉嚨也跟著往上一提。「史達林萬歲！」他高叫著。

「史達林萬歲！」大家跟著一聲吶喊，一隻隻帽子又黑雨似的飛上天去。

散會以後，王霖注意到一個女幹部手裏拿著帽子站在那裏，很為難的樣子。她拾錯了一頂帽子。她年紀非常輕。別的女幹部的頭髮都是剪短了，油膩膩的披在面頰上，她卻是梳了兩隻辮子，盤在頭頂上，藏在帽子裏面，完全看不見。所以平時一眼看上去，會把她當作一個男孩子，尤其因為她那清瘦的沒有血色的臉，兩隻眼睛分得很開，是一個清俊的男孩子的面貌。但是現在沒戴帽子，露出辮子來，就完全像一個女學生了。她穿的一套制服太大了，穿在身上，倒更顯得身材纖弱。

王霖把自己頭上的一頂污舊的帽子摘下來，拿在手裏翻過來看了看。顯然是他自己的。實在不好意思走上去問她是不是她的帽子被他拾了來了。有好幾個男幹部都拿著帽子去問她，但是沒有一個是她的。後來有一個人發現有一頂帽子高棲在一根屋樑上。一個姓俞的青年馬上設法弄了一隻梯子來，爬上去替她拿了下來。王霖離開會場的時候，俞同志還站在那裏和她說話。王霖雖然明知道俞同志職位太低，還沒有結婚的資格，但是並不因此就覺得安心。

「剛才鬧丟了帽子的那個是誰？」他彷彿很不耐煩的問另一個幹部。「真是笑話！」

「我沒有看見過她。是新來的。——怎麼，你對她有意思？」

「別胡說！」

飯後，他又試著問另一個人。「那梳辮子的那個——她的愛人是不是姓陳？」

「她沒結過婚吧？你是說沙明是不是？她來了還不到一年，在電訊組，沒結婚。」

「大概我認錯了！」他喃喃的說：「還當她是陳同志的愛人。」

女幹部都在合作社裏過夜。他第二天早上一早就到合作社去，要求和沙明同志談話。這裏也按照普通店堂的佈置，一邊擺著一排紅木椅子，兩張椅子夾著一隻茶几。他坐了下來，背後牆上掛著紅紙對聯，祝賀合作社開張之喜。

「這該是好兆頭！」王霖想：「在一個合作社裏向她求婚。這應當是我們在革命崗位上終生合作的開始。」

清晨的陽光從門外射進來，照亮了他腳邊的一筐筐的米與赤荳，灰撲撲的蘑菇與木耳，還有大片的筍衣，發出那乾枯的微甜的氣味。女幹部們在櫃台上大聲談講著，捲起她們的舖蓋。她們昨天晚上睡在櫃台上。

然後他看見沙明匆匆的向他走來。王霖自我介紹了一下。「我想跟你談談！」他說。

她微笑著坐了下來，顯然是準備著接受批評。後來她告訴他，她當時以為他一定是為了她打辮子的事，來向她提意見，因為她那兩根辮子已經引起了許多批評。

「我聽見說你還沒有結婚，」王霖說。「我也沒有。我提議我們向組織上請求結婚，你認為怎麼樣？」

她倒很鎮靜，他想。當然她彷彿是有一點詫異。她微笑著回答：「考慮考慮吧！」

「在我這一方面，是沒有重新考慮的必要。我已經決定了。」

她仍舊微笑著說：「這是很嚴重的一個步驟，還是再考慮考慮吧！」

他沒有逼迫她馬上決定。在陽光中看見她，使他有一種奇異的感覺——她像一張泛了黃的照片，看上去是那樣年青，而是褪了色的。他彷彿覺得他得要小心，那照片不能用手指去碰它，不然更要褪色了，變得更淡，更淡，甚而完全消失。

兩星期後，他到二十里外的電訊站去找她，她不得不把一個夜班的同事叫醒了，給她做替工，才能夠抽身出去和他說話。

「我們還是遞一個申請書進去吧！」他建議。「如果兩個人裏面有一個是不宜結婚的，你放心，組織上一定會告訴我們的，這樁事儘可以讓組織上替我們決定。」

她仍舊是那句話：「考慮考慮吧！」但是他第二次再去找她，她讓步了，遲疑的說，

「好吧！」於是他們遞了申請書進去，得到了上級許可。有一天傍晚，王霖派了個勤務員牽著馬去接她。

馬蹄聲在黃昏的寂靜中聽上去特別清脆。他站在廟門前的石階上，等那蹄聲去遠了，方才進去。大殿上黑沉沉的，只有他房門裏射出來的一些燈光，隱約可以看見旁邊一排神像的青臉紅臉，與他們金色的衣褶。破了的窗紙被風吹得啪喇啪喇響著。他在黑暗中走過，進了東配殿，那是他的房間。今天房間裏打掃了一下，東西也整理過了，燈光照著，彷彿空空洞洞的，有一種特殊的感覺。

黨在戰爭期間是比較肯妥協的，所以他們駐紮在這座廟裏，並沒有破壞那些偶像，也容許女尼繼續居留。但是年青的尼姑全都逃跑了。剩下一個老尼姑，住在後進，正在那裏做夜間的功課，「托托托托」敲著木魚，均勻的一聲一聲敲著，永遠繼續不斷，像古代更漏的水滴，為一個死去的世界記錄時間。

王霖在他的房間裏走來走去，等那女孩子來，心裏漸漸覺得恍惚起來，感到那魅艷的氣氛漸漸加深。那天晚上她來了，天一亮就走了，還是那接她來的勤務員送她回去，替她牽著馬。此後他每星期接她來一次。她永遠是晚上來，天亮就走，像那些古老的故事裏幽靈的情婦一樣。

有時候他幾乎是掙扎著，想打破那巫魘似的魅力。他寧願把她看得平凡些，也像別人的妻子一樣，是日常生活的一部份。但是不行。只有一次，他覺得他們確實是夫婦。那是有一次召開幹部會議，臨時因為軍事狀況，改在他駐守的小鎮上舉行。共產黨向來最注重會場的佈置，開會以前照例有一個高級官員到會場去親自巡視一周，如果認為台上的桌子上擱的一瓶花不如理想，就要大發雷霆，負責的幹部可能受到處分。但是在這戰區內殘破的鄉鎮上，花也沒有，鮮艷的紙帶、戲劇性的燈光裝置，統統沒有。甚至於連一張放大的毛澤東像都找不到——那是最不可少的。

王霖非常著急。最後是沙明替他解決了難題，在正中的牆壁上糊上很大的一張紅紙，寫上一行大字：「毛澤東萬歲」。本地人向來都是用銅臉盆洗臉，她把兩隻銅盆裏面注滿了食油，放在桌上，一邊一個。在開會的時候，盆裏的油點上了火，燃燒起來，橙黃色的大火燄躥得非常高，一跳一跳，光與影在紅紙的背景上浮動，所有的幹部全都舉起一隻手臂來，宣誓為黨效忠，會場裏充滿了一種神秘莊嚴的氣氛。

王霖得意極了，就像是他們在家裏請了次客，太太招待有方，成績圓滿。事後他很歡喜和她談講那一天的經過，種種趣事與小小的不幸，回想起來都非常有興味。最快樂的一剎那是客人全都走了，而她並不跟著他們走，卻住在他這裏過夜。

她告訴他參加新四軍的經過。她在高中讀書的最後一年，有一個女教師常常在課外找她談話，和她非常接近。這人是共產黨。在少女的心情裏，這一類的秘密活動太使人興奮了，深夜的輕聲談話，鑽在被窩裏偷看宣傳書籍，在被窩裏點著蠟燭。女教師告訴她：只有蘇聯這一個國家是真正幫助中國抗日的。她經常報告延安與日軍接戰大勝的消息，大家私下舉行慶祝。於是沙明與其他的幾個女同學，都成了共產主義的信徒。女教師後來離開淪陷區，跑到蘇北去參加新四軍，就把她們幾個人一齊帶走了。

「沙明」這名字是她到了這裏以後才採用的。她認為這名字很男性化，很俏皮，像個時髦的筆名。

她告訴他她去年在這裏過冬的情形。四個電訊工作者，一男三女，駐紮在一個農民家裏，佔據了一間堂屋。白天在兩張方桌上工作，晚上就睡在桌子上。堂屋沒有門，被兵士砍了去當柴燒了。北風呼呼的直灌進來，油燈簡直沒法點，夜間工作非常困難。雖然沒有門，室內究竟比牛欄裏暖和些，所以屋主人一到晚上，總是把牛牽進來，繫在窗檻上。每次一聽見那牛嘩嘩的撒起尿來了，值夜班的兩個電訊員中，就得有一個趕緊跳起身來，跑過去把一隻木桶擱在牛肚子底下，然後回到她的座位上。牛撒完了尿，又得有一個人趕緊去把桶挪開了，不然就會給牠一腳踢翻了，淹了一地的尿，腳底下全汪著水。

有牛在房間裏，也有一樣好處。在風雪的夜裏，三個女孩子都鑽在牛肚子下面擠緊了睡覺，像小牛一樣。

她告訴他這些，自己彷彿很難為情似的，也跟著他一同嘲笑她這些意想不到的苦境。

「小資產階級投身在革命的洪爐裏，這的確是一個痛苦的經驗。」他承認。「可是要徹底改造，非得經過這一個階段。」

他憐憫她，但是口頭沒有什麼表示，至多說一句，「你身體不夠好，所以吃不了苦。不過身體會好起來的。」

到了夏天，她因為小產，病倒了，躺在一扇板門上，給抬到廟裏來，廟裏有一個醫療站，住著些傷兵。王霖很喜歡有她在一起，但是他並沒有時間可以看護她。近來這一帶情形很緊張，最後他們終於不得不倉皇撤退了。

撤退的命令來到的時候，是在後半夜。大家頓時忙碌起來，亂成一團。兵士借用的農民的物件，都得要拿去還人家，因為他們的口號是「不取民間一針一線。」到處可以聽見他們砰砰拍著門，喊著：「大娘！大娘！」一個老婆婆睡眼矇矓扣著鈕子，戰戰兢兢來開門。兵士交給她一隻折了腿的椅子，或是一隻破鍋，鍋底一隻大洞。他向她道謝，借給他們用了六個月。

「我們現在走了。不過你放心，大娘！」他安慰的說：「我們要回來的。」

王霖有無數的事想要料理。他匆匆走回房去，發現沙明掙扎著坐了起來，把她自己的東西收拾起來打了個小包。在這一剎那間，他心裏很難過，不知道應當怎樣告訴她，她不能和他一同走。

「路上不大好走。」他在床沿上坐了下來，轉過身來面向著她，兩隻手掌按在膝蓋上，放出很威嚴的樣子。「我們要照顧到你的健康，你還是不要動的好。我跟方同志講好了，讓你暫時住在他家裏。」方同志是王霖的勤務員。王霖很有把握，方家兩個老的一定會效忠於他，因為他們的兒子在新四軍裏，是一個人質。

她緩緩的繼續整理東西，但是她終於停止了，彷彿疲倦過度似的，身體往前撲著，把臉埋在包袱上。他知道她在哭。

「你堅強一點，」他說。「這是很普通的事，同志們常常得要留在敵後打埋伏。」

「我要跟你一塊兒走，」她嗚咽著說。

「可是担架不夠用。」他急了，終於把真正的理由說了出來。「也沒有那麼些人抬担架。傷兵總不能不帶著走。你一個生病的女人，沒關係的。受傷的男人可混不過去。」

他自己也有些東西需要整理。過了一會，他再回過頭來，看見她已經不哭了，在那裏繼續理東西。已經有喔喔的雞啼聲，油燈的黃光被灰色的晨光沖淡了，透出一種慘淡的顏色。他覺得他們就像是要去趕早班的火車，心裏只覺得慌慌的。

方同志的父親和哥哥抬著一扇門板來了，把她攙下床來，給她躺上去，蓋上一條棉被。其實天氣很熱，但是總彷彿病人應當渥著點。王霖彎下腰去，把棉被在她頸項後面塞一塞好，輕聲說：「你不要緊的。不過還是寧可小心點，快一點好起來，我們就要回來的。」她在枕上微微點了點頭，她的臉潮濕而蒼白。

「同志！你儘管放心，不要緊的。」那老頭子大聲說。然而老頭子顯然心情非常沉重，無可奈何的等待著前途的無數麻煩與危險。他那勉強裝出來的愉快的語氣，讓王霖聽著，心裏突然有一陣寒冷之感。他站在那裏，看著他們抬著她穿過稻田，在晨星下。

軍隊移到了另一個區域。這已經是抗戰末期了，交戰的各方面由於極度疲倦，都變得滿不在乎起來，誰也不肯認真賣命。往往經過轟轟烈烈一場大戰，一個人也沒有死，簡直成了鬧劇化的局面。無論哪一方一鼓作氣，向前衝過來，另一方就紛紛的集體投降；但是一有機會，就又倒了回去。大家就這樣倒來倒去，不算一回事。整團、整師的軍隊，就像一大堆一大堆的籌碼一樣，在牌桌上推來推去。

在這種情形之下，當然常常有人穿過疆界，帶信也很方便。但是時間一天天的過去，看上去似乎沙明是和新四軍完全失去聯絡了。不知道她出了什麼事情。有很多可能。也許她被發現了；也許有人告密，把她抓了去，也說不定她的病勢又轉沉重，又缺乏醫藥，竟至於死亡。

王霖有一次設法派了一個人去，給方家送了一封信；信是他們兒子寫的，問起沙明的下落。方家回說他們把她送走了，因為當地有人認識她，有被發現的危險，所以把她送到距離很遠的另一個村莊裏，寄居在他們的一個親戚家裏。但是他們聽說她已經自動的離開那裏了。

王霖終於得到一個機會，親自到那裏去調查。他化裝為一個小生意人，跑到方家所說的那個村莊裏，去找他們那個親戚，叫做趙八哥的。

趙八哥是一個四十歲上下的矮子，暴眼睛，短短的臉，頭皮剃得青青的。頭的式樣好像是打扁了的。沒有下頦，那彷彿也是出於自衛，免得讓人一拳打在下頦上，給他致命的一擊。

他斯斯文文的穿著藍布大褂，並不是普通的莊稼人。若要問起當地的木材、蠶桑、茶山、鹽運、稅收，他無不熟悉，然而仍舊本本分分，十分和氣。王霖假裝對於木材很有興趣，是方家指點他，叫他路過此地的時候，可以向趙八哥請教一番。趙八哥說得頭頭是道。他的口才那樣好，王霖以為「八哥」一定是他的綽號。但是後來看見他老婆出來了，大家稱她為「八奶奶」，方才知道他確是行八。

趙八哥留他吃飯。在飯桌上，做主人的又詳細講解納稅手續的複雜與微妙，沿途有各方面的關卡，又隨時可以碰上各方面的軍隊。這是一個不幸的「三不管」的區域，被日本兵、共產黨、和平軍、與各種雜牌軍輪流蹂躪著。

他們喝了幾盅酒以後，趙八哥說起「那次日本兵從通州下來」的故事。

「我正在家裏坐著，」他說：「——一走就走進來了。領頭的一個軍官開口就問我：

『你是老百姓啊？』我說：『是的。』那他又問我：『你喜歡中國兵呢？還是喜歡日本兵呢？』這一問，我倒不曉得怎樣回答是好了。我不曉得他到底是中國兵還是日本兵。說的呢也是中國話。」

「聽他們的口音，一聽就聽得出的。」王霖說。話說出了口，他才想起來，在鄉下人聽來，日本兵的國語與北邊人的國語，都是同樣的奇特可笑。

趙八哥也並不和他分辯，只把頭點了一點，逕自說下去。「噯，聽口音又聽不出來的。只有一個法子，看他們的靴子可以看得出來。噯！兩樣的，不過，不敢看。」他把頭微微向後一仰，僵著脖子，做出立正的姿勢，又微笑著搖搖頭。「不敢往底下看。」

王霖耐心的微笑著，沒說什麼。

「那麼我怎麼回答他的呢？我嘆了口氣說：『唉，先生！我們老百姓苦呀！看見兵，不論是中國兵日本兵，在我們也都是一樣的，只想能夠太平就好了，大家都好了！』他聽了倒是說：『你這話說得對！』——這麼著一來，我就知道他是日本兵了！」他說到這裏，彷彿覺得很得意。

飯後，王霖站起來告辭。趙八哥聽他說馬上就要動身到鄰縣去，天黑以前一定要趕到那裏，就放心大胆的挽留他，再三說，「可惜不能在這裏住兩天，難得來的。」

「八先生待人太熱心了，」王霖說。「不過你熱心的名是已經出去了。——呵，不提我倒忘了。我有個舍親，是個年青的女眷，上次路過這裏，聽說也是在八先生這裏打攪了許多時候，我都忘了道謝。」

「年青的女眷？」趙八哥似乎怔了一怔。

「她本來住在方家的。」王霖一面說，一面盯眼望著他，看他的臉色有沒有變化。

趙八哥像是摸不著頭腦。「你弄錯了吧，我們這裏沒有年青的女眷來過。」

她也許化裝了一下，隱瞞了真實的年齡。「我總還拿她當個小孩，」王霖呵呵的笑起來。「大概因為我以前看見她那時候，她還年紀輕得很，小孩脾氣得厲害。其實——噯呀！算起來年紀不小了吧！大概是個中年太太的樣子了。」

「我們這兒沒有中年的太太來過，」趙八哥搖著頭說。「沒有。」

「我聽見說她有病。聽說這一場病生下來，老得不像樣子了，簡直都成了個老太太——」

「也沒有老太太來過。」趙八哥堅決的說。

王霖不是不明白，趙八哥大概是有他的苦衷，不敢說實話，怕他是另一方面的特務，在那裏追捕一個女共產黨。於是王霖冒險暴露了自己的身分。

「你不要怕，對我儘可以說實話，」他說。「我是新四軍的人。你把事情的經過老實告訴我，可不許說謊。扯了謊給我們對出來了，我們的黑名單上有了你的名字，一家子都不要想活著。」

趙八哥左右為難起來了。這人自己說他是個共產黨，但是誰知道他究竟是那一方面的。這一次是連看他的靴子都沒有用——他穿的是便裝，沒有靴子。

趙八哥拿不定主意，只好一味拖延時間，矢口否認有人到他家裏來住過，不論任何年齡的女太太都沒有踏進他家的門。

「方家說他們把她送到你這裏來的。你把她怎樣了？出賣了她了？送到憲兵隊去了？」王霖逼著問。

「老天爺，哪有這樣的事，屈死人了！方家要是真這樣說，那他們是扯謊。天哪！我什麼地方得罪了他們，要這樣害我？」

「你把我們的人弄到哪裏去了？你老實說出來！你害死我們的同志，你不要命了？」

經過許多恫嚇，趙八哥終於吐出了實話，承認他這裏曾經收容過一個生病的少女。趙八哥心裏想著，如果王霖結果又一翻臉，說出他是另一方面派來的人，他還可以為自己辯護，說他是被人逼得沒辦法，捏造出來這故事，因為不這樣說，就沒法打發那人走。

「她現在在哪裏？」

「她是八月裏走的，說要到鎮江去，進醫院治病。她說她有親戚在鎮江。」

「一個人走的？」

「她走的時候，身體已經好多了。她說自己可以走，不用人送。」

王霖盤問了他許久，但是問來問去，趙八哥還是這幾句話。王霖認為他這話大概是可信的，因為沙明的確是有一個舅父住在鎮江。

王霖回到他的工作地點去，心裏覺得相當滿意。但是不久就又有許多新的疑團包圍上來了。她為什麼一直音訊杳然呢？如果她是在鎮江那樣的大地方，是很容易找到接觸的，不至於完全消息隔絕。

漸漸的有謠言，說有人在鎮江看見過她。她顯然是背叛了革命，成為一名逃兵了。大家在討論中常有時候提到她的名字，王霖有什麼可說的呢？只好說，「她可惜立場不穩。不過小資產階級知識份子一向就是動搖性的，吃不了苦。我沒有能夠影響她，更進一步的爭取她，我自己覺得很慚愧，需要檢討。」

她和他在一起的時候是不是快樂的，他第一次懷疑到這一點。他們的結合並不為外間的世界所承認，那麼，很可能她已經和別人結婚了，安頓下來，過著一個小城市的家庭婦女那種庸俗無聊的生活。王霖對自己說，拋開一切私人的感情不講，他還是熱誠的盼望她回到革命的隊伍裏來。在現在這種吃緊的情勢下，正是用人的時候，組織上是特別寬大為懷的。只要她充分表示懺悔，大概不必經過長期的悔過，就會重新錄用的。

王霖跟著部隊，在有一天傍晚的時候開進一個小城。這城市易手多次了，經過一次次猛烈的砲火，已經大部份化為廢墟。疲乏的不整齊的隊伍走過沿河的碼頭，就踏上一條鵝卵石砌的長街。街上一個人影也沒有，兩邊的房子都炸光了，矗立著一堵一堵殘缺的粉牆。舊式的房子屋頂高，雖然不過兩層，也就是很高的樓房了。大家排著隊走過一座沒有屋頂的白房子，上面一排黑洞洞的窗戶眼子。王霖偶爾一抬頭，向上面望了望，倒吃了一驚，看見樓窗裏有一個女孩子，伏在窗口向他望著。他真沒想到，這種房子裏還可以住人。

在暮色蒼茫中，那女孩子的臉只是一個模糊的白影子，但是仍舊可以看出她是美麗的。

而且，最使他覺得驚奇的——她在那裏對他笑。他掉過頭來，望到別處去了。這一定是個妓院。這些婊子也傻，不知道對新四軍兜生意是沒有用的。但是他突然震了一震，立刻又抬起頭來。他心裏有一個聲音在叫喊：「沙明！是沙明！」然而，那張臉龐已經不見了，就像是她聽見了他心裏突然起來的一陣狂風暴雨似的吶喊，把她嚇跑了。

他向旁邊跨了一步，離開了隊伍，站在那裏仰著頭望著那窗子發呆。她看見他就躲起來了？但是她剛才明明對他笑。她一定是性急慌忙的下樓梯來了，在那黑魆魆的搖搖晃晃的樓梯上走著，一個不小心，跌下來會跌死的。他找到了一個長方形的洞口，顯然是從前的門，就一腳踏進門去。

在最初的一剎那間，他有點迷惑，不知道發生了什麼事情。一陣陣的涼風吹在他面頰上。四面矗立著各種黑色的形體，但是頭頂上卻濛濛的透出紫藍色的微光。彷彿有蟋蟀在腳下吱吱叫著。他是站在戶外。整個的房子都被炸掉了，只剩下前面的一堵牆，那牆背後除了一些瓦礫，什麼都沒有。

他抬起眼睛來，去找那樓窗。剛才看見那女人伏在窗口，是左邊第一個窗戶，那麼，倒過來，該是右面第一個窗戶。這不過是牆壁上一個長方形的洞眼。那白牆缺掉一隻角，映著暗藍的天，寂寞的站在那裏。他向那窗戶裏面望進去，裏面空空的，只有那黃昏的天色，略有幾顆星剛剛出來，一閃一閃。他不由得腦後一陣寒颼颼的，就像把頭皮一把揪緊了。

他可以聽見軍隊在那空蕩蕩的街道上排著隊走，那有節拍的腳步聲噠噠響著。王霖聽見那腳步聲漸漸遠去，他突然恐怖得發了狂。他橫衝直撞跑到街上去，一路飛奔著，趕上了他們。

這件經驗雖然使他神經上受了很大的震動，同時也使他心裏充滿一種近於喜悅的感情。他相信她一定是死了，她今天和他見這一面，就是為了要他知道她是死了。她不願意讓他想著她是丟棄了他，又跟了別人。

然後他過去所受的教育又抬了頭，告訴他這完全是迷信。但是他確實親眼看見的。他一定是神經失常了。他傷心的想著，他不但失去了她，又還要失掉他的理性。

許多年之後，他才聽到一點關於她的確實的消息。共產黨佔領了大陸以後，他被調動到許多不同的地方。在這期間遇見了一個老同事，從前和他們倆都相當熟。這人告訴他說：他在蘇州看見過沙明。她見了面就像不認識他似的，所以他也沒有和她招呼。但是後來他去打聽了一下，聽說她結了婚了，有兩個小孩，有一爿店，賣籐器與草拖鞋。王霖聽到這消息，並沒有很深的感觸。感情上的極度疲乏，早已使他淡漠了許多。他也已經習慣於這種思想了，想著她還活在世上，生男育女，漸漸的衰老了，在另一個男人的家裏。

他得到一個機會回家鄉去看看。十七年沒回家了。他母親還在世，但是和他隔閡得太厲害，他們已經沒有什麼話可談了。她反正見了他就是絮絮叨叨，把這許多年來的傷心事，吃的苦，受的損失，一樁樁一件件的訴說著。他無論怎樣安慰她，說從今以後，慢慢的就會有好日子過了，也並不能使她愉快起來。她對於共產黨治下的光明的遠景並沒有信心，而事實上家境也的確是越來越艱難了。他拿的薪水是供給制，當然也沒法往家裏帶錢。家裏還有一個童養媳，從前還沒有來得及圓房他就離開了家。那女人很老實，他這一二十年沒回來，她也並沒有跟人逃走，仍舊在他家裏。這許多年的勞苦操作，挨打受氣，已經把她折磨成一個老醜的婦人了。王霖心裏覺得有點對她不起。他和她結了婚，但是他難得回去一趟，而每次回去的時候，只有覺得更寂寞。

他雖然沒有什麼朋友，和一切人的關係都搞得相當好，但是因為太自信、太固執，對於上司不大肯遷就、敷衍。就因為這緣故，無論有什麼事情出了亂子，總是他挨批評。在開會的時候，他即使在爭論中佔了上風，主持會議的上級人員做起總結來，總給扭過來，使他處於不利的地位。共產黨席捲大陸之後，他不但沒有升遷，反而被貼上了「趕不上形勢」的招牌紙。當幹部是一個「死而後已」的職業，當然決沒有辭退他的可能。他也像許多別的老幹部一樣，被調到鄉下去担任一個低下的職務，那也就是他們的養老金了。

他對於黨的一般性的政策絕對沒有意見。無論怎樣不合理，不能接受的，他所受的訓練也能夠使他很快的「打通思想」，心安理得的接受下來。使他起反感的倒是一些小事——政府官員的妻子永遠也做著官，吃糧不管事，官銜還相當大；此外，無論辦什麼事，也就跟舊社會上一樣，還是得靠認識人，得要「找關係」。同時他對於政府有些驚人的浪費的地方也覺得有些心悸。譬如像重建北京上海的許多佛寺，造得金碧輝煌，僅只為了取悅於來訪問的西藏代表。他知道這些錢都是從哪裏來的，因為是由他經手，非常吃力的從農民身上一點一滴搾來的。

他常常感到憤懣，但是他這是一種無可奈何的氣憤，像一個孤獨的老年人被他唯一的朋友所侮蔑，自己生一回子氣，也並沒有人去勸他，他熬不了多久，自己倒又去轉圜。他除了黨以外，在這世界上實在是一無所有了。

七

在冬學教書，原來相當費勁，這是顧岡起初沒有料到的。學校在五里外一個小山上。這一點路，平常走走倒也不覺得什麼，現在因為餓著肚子，走不上一里地就汗流浹背。迎著那噎人的西北風，上氣不接下氣的爬上山去，等到站到黑板面前，手裏連一根粉筆都捏不牢。簡直沒得吃。他這次下鄉，是打算吃苦來的，預先有過一番思想上的準備，但是就沒有想到有這樣的事。有許多朋友曾經下鄉參加土改，不免有些洋洋得意，滿口經驗之談。他們給了他許多忠告。「農民是天真的，」他們說。「他如果對你有好感，也說不定就會把他咬過一口的大餅送給你吃，你不吃可是要得罪人的。你到農民家裏去，也許他們用一塊稀髒的尿布抹凳子，請你坐。你要是皺著眉不敢坐，那也要得罪人的。」顧岡並不覺得農民像他們說的那樣天真得近於傻氣。至於大餅，在鄉下就沒看見過這樣東西。這裏的人一日三餐都是一鍋稀薄的米湯，裏面浮著切成一寸來長的一段段的草。

當然這件事是不便對別人說起的，對王同志尤其不能說。因此也無法打聽這到底是這幾個縣份的局部情形，還是廣大的地區共同的現象。報紙上是從來沒有提過一個字，說這一帶地方——或是國內任何地方——發生了飢饉。他有一種奇異的虛空之感，就像是他跳出了時間與空間，生活在一個不存在的地方。

飢餓的滋味他還是第一次嘗到。心頭有一種沉悶的空虛，不斷的咬嚙著他，鈍刀鈍鋸磨著他。那種痛苦是介於牙痛與傷心之間，使他眼睛裏望出去，一切都成為夢境一樣的虛幻——陽光靜靜的照在田野上，山坡上有人在那裏砍柴，風裏飄來咚咚的鑼鼓聲……這兩天村子上天天押著秧歌隊在那裏演習。

大家仍舊照常過日子，若無其事，簡直使人不能相信。仍舊一天做三次飯。在潮濕的空氣裏，藍色的炊烟低低的在地面上飄著，久久不散，烟裏含著一種微帶辛辣的清香。

一到了中午，漫山遍野的黑瓦白房子統統都冒烟了，從牆壁上挖的一個方洞裏，徐徐吐出一股白烟，就像「生魂出竅」一樣，彷彿在一種宗教的狂熱裏，靈魂離開了軀殼，悠悠上升，漸漸「魂飛天外，魄散九霄。」顧岡望著炊烟，忽然想起那句老話，「民以食為天。」在他們的艱苦的生活裏，食物就是一切，而現在竟是這樣長年挨著餓。怎麼能老是這樣下去呢？他不由得感到一絲恐懼。

他眼看著自己一天比一天瘦下來，他最担憂的就是這一點。參加過土改的人都誇口說，在鄉下過了三個月，都長胖了。還有人說，去了那麼一趟，把他們多年的老胃病都治好了。據說什麼都治得好。看見有些落後份子退縮不前，他們就說：「那生活雖然苦，只要思想搞通了，你反而會胖起來的。」反過來說，如果吃不了一點苦就變瘦了，那顯然是思想還沒搞通，下意識裏還在那裏抗拒著，不願意改造。顧岡心裏想：再過兩三個月，他一定瘦得皮包骨頭，回去怎麼能見人呢？他又決不能告訴人，說是餓出來的。說鄉下人都在餓肚子，這話是對誰也不能提起的，除非他不怕被公安局當作「國特造謠」給逮了去。

顧岡是很以他的幽默感自負的。他對自己說，共產黨雖然是唯物主義者，但是一講到職工的待遇方面，馬上變成百分之百的唯心主義者，相信精神可以戰勝物質。儘管工作時間特別長，吃得又沒有營養，還要常常來一個「突擊」，整夜的不睡覺，但是照樣還是可以精神煥發，身體健康。顧岡想起前一向報紙上宣傳得很厲害的傅全香下鄉土改的事，不由得苦笑了。這美麗的紹興戲女演員，是一個積年的肺病患者。這次她也報名參加土改，在鄉下寫了許多信給她所有的報界朋友們，說得天花亂墜，說她自從到了鄉下，辛苦工作，健康反而大有進步。她有一次替農會做「傳達」，到鄰村去送一封信，踏著二尺深的大雪，穿著一雙草鞋，走了三十里路，現在她一頓能吃三大碗白飯，體重增加了二十磅。——要是有三大碗飯在這裏，顧岡心裏想他倒也吃得下。

腦子裏老是有這樣一個思想盤踞著，一刻也丟不開，很難安心工作。他想搜集一點材料，可以加上一點渲染，用來表現土改後農村的欣欣向榮。他總自己告訴自己，此地的情形大概總是局部現象。一般的說來，土改後的農村一定是生活程度提高了，看看報上的許多統計數字就可以知道。

他和許多人個別的談過話。王同志還陪他到鄰村去訪問了幾家軍烈屬。人人都是笑嘻嘻的非常和氣，但是都不大開口說話。此外還有些人，他倒又嫌他們話太多了。這些人大概是摸不清他的來歷，以為他是個私行查訪的大員，有權力改善他們的生活。他們吞吞吐吐，囁嚅的訴起苦來，說現在過得比從前更不如了。遇到這樣的人，顧岡發現了一個很有用的名詞，「不典型」。他們都是「個別現象」，不能代表人民大眾的。但是在這無數的「不典型」的人物裏，要想找出一兩個「一般性」的典型人物，實在是像大海撈針一樣的困難。

在王同志的眼裏看來，大概譚大娘可以算是一個典型人物。但是王同志沒有和她同住過，不知道她的歌功頌德始終只有那幾句，聽多了也覺得單調。有時候顧岡簡直疑心她完全是說謊，他也找金根與金根老婆談過話。他們都很怕羞，可是顧岡仍舊希望他們和他混熟了之後，也許話會多起來。

金根對於上冬學非常認真。月香也天天去。因為他似乎很喜歡她去。教唱歌，那些歌曲的調子她都會哼了，〈東方紅〉、〈打倒美國狼〉等等。但是，她對於功課不大注意。她並不想改造她自己。像一切婚後感到幸福的女人一樣，她很自滿。

金根去找顧岡替他寫了好些張字塊，「門」、「桌」、「椅」、「缸」，都是屋子裏有的東西，他拿去貼在那件東西上面。大家都擠在顧岡的房門口，看他揮毫。月香也走過來，踮著腳站在人背後張望著，一隻手臂圍在金有嫂脖子上。

然後她說，「嗳，金有嫂，你家裏放著個先生，要是書再唸不好，難為情的呵！」她把金有嫂一推，笑著跑了。

金有嫂漲紅了臉，很窘的笑著，因為從來沒有誰和她說笑話。月香跑了，顧岡也微笑著抬起頭來看了看。有時候她倒也很活潑大胆，他心裏想。

有一天他散步回來，看見她洗了衣服晾在大樹上。也不用竹竿，也沒有夾住，就這麼鈎在枝枝椏椏的樹枝上。不知道是一種什麼常青樹，密密生著暗綠的葉子。有兩件小孩的襯衣，桃紅色的古老花布改製的，挑在最高枝上，看上去很悅目。那棵樹就像在隆冬的季節開了紅花一樣。她個子不高，但是很結實的樣子。顧岡不由得想著，她到了夏天，脫了棉襖袴，不知道是什麼樣子。穿著這臃腫的棉衣，每一個女人都像是懷著孕。厚厚的棉袴正在肚子上摺疊著，把棉襖頂出去，支得老遠。

「這兒的冬天比上海冷，」他說。

她和悅的表示同意。他在附近的一塊界碑上坐了下來，問她在上海的時候住在哪裏。原來離他家裏不遠。她說那地方倒是有一樣好，菜場只隔兩條街，買菜很方便。

她今天似乎話特別多，和平常兩樣，他覺得很高興。一路談下去，她問他家裏有多少人，多少傭人，獨自住一幢房子還是與人合住，上海的親戚朋友多不多。他突然發覺她原來是在打聽他的經濟狀況和社會地位，似乎在探他的口氣，希望他能替她在上海找一個事。如果可能的話，再替她丈夫找一個。

他對她非常感到失望。自從這一次之後，他再也沒有找她談話了。

他經常的寫信給他的妻子和朋友，走三十里路到鎮上去寄信，寄了信，就在一個飯館子裏吃午飯——飯或是麵，加上冬筍炒肉絲，豆腐衣炒青菜，煎雞蛋之類。每隔七八天，總來這麼一次遠足旅行。他盼望這旅行的心，越來越迫切了。

然後有一天，王同志來看他，問他可有什麼信要寄。王同志要到鎮上開會，可以替他代寄。

顧岡發現他自己竟憤怒得渾身顫抖起來。隔這麼些天吃這麼一頓飽飯，都不許他吃嗎？然而他極力抑制住了自己。當然，他每次到鎮上去，很可能有人尾隨著他，刺探他的行動。但是他自己掏腰包吃一頓較好的午餐，大概王同志是不會反對的。因此而對他感到鄙夷，那又是一回事。

「我沒有信要寄，」他微笑著說。他昨天晚上寫的那一封，幸而有一本書壓在上面，因為封不牢。自從膠水「面向大眾」，跌了價之後，就不黏了。

這樣瞪著眼說謊，真是太危險的事。如果王同志剛巧拿起這本書翻翻，看見底下壓的這封信，他一定當是信裏有點什麼祕密。不然為什麼不敢給別人去寄呢？

他一定得要把王同志送出這間房，越快越好。

「快過年了，你一定想家吧？」王同志拍著他的肩膀，開玩笑的說。「想愛人吧？」他用著老共產區通用的「妻」的代名詞。

顧岡只是笑。「王同志，你過年不回家去看你的愛人？」

「我兩年沒回家了，」王同志笑著說。「一年忙到頭，實在走不開。」

「你為人民服務太熱心了，王同志。我看你實在是忙，從早忙到晚，讓我也沒有機會跟你學習。」

「你太客氣了。自己同志，用不著客氣。」

「不，我是有好些事要請教你。你要是今天早晨上鎮去，我送你一段路，路上可以談談。」

「那好極了，我們走吧。我本來也就該走了。」

小張同志在院子外面等著王同志。民兵不穿制服，武器也不齊全，大都拿著棍棒、大刀與紅纓槍。小張同志倒是拿著一枝來福槍。他們一行人緩緩的走出村莊，看上去很威風，後面有這樣一個護兵壓隊。

王同志問顧岡他的劇本寫得怎樣了。王同志這話已經說過好幾回了，這次又說，「你土改的時候要是在這兒就好了，那真是感動人！真是好材料！」

顧岡最恨人家老去揭他的痛瘡，說他沒有去參加土改。那年冬天特別冷，他的肺向來弱，他的妻子沒讓他去報名。當然他知道王同志眼中的他是什麼樣的一個人——一個落後份子，百分之百的機會主義者。

「真是感動人——這些農民分到了農具的時候，你沒看見他們那喜歡的神氣，」王同志說。

「可是翻身農民的歡樂已經過了時了，」顧岡有點氣憤的說。「上個月的文藝報有一篇文章專門討論這一點。它說文藝工作者不應當再拿土改後農民的歡樂做題材。那應當是一個暫時的階段，不能老逗留在那階段上，該再往前邁一步了。」

王同志謹慎的聽著，對於全國性的權威刊物表示適當的尊敬。「噯，這是對的，」他點著頭說。「該做的工作還很多。」

「文藝報嚴厲的批評了現在農村裏的思想情況。它說翻身農民只想著大吃大喝，還夢想著『生產發家』。在北邊，他們還編了個歌，『三十畝地一頭牛，老婆娃娃熱炕頭。』那就是他們的全部理想。」

「他們的確是缺少政治覺悟，」王同志承認。

「他們家裏只要有一隻豬，嫁女兒的時候就恨不得殺了牠，大家慶祝一通。這種思想真是要不得。」顧岡繼續轉述文藝報上的話。

王同志惋惜的點著頭。「農民的確還是落後，還是缺少政治覺悟。」

「你們的互助組搞得怎麼樣了？」

「今年秋天我們的秋收隊搞得很不錯，」王同志愉快的說。「明年春天我們計畫著把秋收隊改編為互助組，預備團結得更緊密一點。把所有的耕牛都集中起來，重新分配給各小組。一聲哨子一吹，大家就集體下田。」

顧岡對於這些並不感到興趣——走向集體農場的最初步驟。要把農民剛得到的土地又從他手裏奪過來，這是個非常痛苦的過程，一步一步像斷奶似的，使他漸漸失去了它。顧岡絕對不想採取這個題材作為他的劇本的主題。要是太輕描淡寫，讓劇中的農民一個個欣然加入互助組，那就一點戲也沒有。如果他們稍微有點退縮不前，需要一番爭取說服，這退縮的程度很不容易寫得恰到好處，一個不小心，就像是農民不信任政府、反抗政府，那還得了！

王同志說起這件事來，雖然態度愉快，對答如流，恐怕他心裏也正担著心事，只是不願意露出來。說話之間，已經到了村口，突然看見那溪水亮堂堂的橫在前面。他們在溪岸上走著，王同志便嘆了口氣。

「不容易呵，做政治工作，」他說。「我真羨慕你們文藝工作者。在現在這大時代，有多少可歌可泣的事情等著你們去寫。工農兵的事，寫給工農兵去看。從前反動政府不准提的事，現在全可以寫了。到處都是現成的題材。」

顧岡點了點頭。「這的確是個大時代。」

「我從前年青的時候也喜歡寫作，」王同志惆悵的說。

顧岡可以想像王同志從前是一個含苞欲放的共產黨的時候，在校刊上寫的那一類東西。但是他耐心的聽著王同志的敘述，說他從前怎樣在江西一個小城的報紙上投稿，由投稿而變為副刊的編輯。

冬季水淺，溪流中露出一堆堆的灰色石塊，使顧岡聯想到城市裏修馬路的情形。就在這時候，他忽然靈機一動，想出了那築壩的故事。假定這條溪每年都氾濫出來，淹沒了兩岸的農田，破壞了一部份的農作物，那麼，就有一個工程師被派到這裏來籌劃對策。他和當地年老的農民會商之下，由老農建議，築了一個壩，上面有活動的閘門，開關隨意。於是就解決了這問題。這故事正可以表現農民的智慧與技術上的知識的結合。如果這辦法是工程師獨自一個人想出來的，那麼編劇人不免要被批評為「耽溺在知識份子自高自大的幻想裏」。劇中可能有一個頑固的老農不肯和技術人員合作，只倚賴他自己過去的經驗。他是犯了「經驗主義」，結果終於被爭取過來了。

已經有過許多影片關於工程師和老工人怎樣合作，完成許多奇蹟。他們修好一隻爆炸了的鍋爐；一隻車床年代久遠不能再用下去了，他們又給它延長了生命；紗廠裏缺少一樣重要的零件，以前是從美國輸入的，現在無法添置了，他們有辦法利用廢鐵，造出新的來。但是到現在為止，這局面始終限於工廠裏，從來沒有移用到農村上。他給新中國的電影又闢出了一條新路。這題材至少夠拍三五十張影片。

他太興奮了，竟打破了平日的沉默態度，等王同志的寫作生活回憶錄稍稍停頓一下，他就岔進去問，「王同志，這附近有水壩沒有？」

「水壩？」王同志怔了一怔。「沒有。——怎麼？你要參觀水壩？」他突然感到興趣起來，堆上一臉的笑容，雙目灼灼盯著他望著。顧岡看得出來他是起了疑心。

「不，我不過是這麼想著，如果這條小河夏天水大，滿出來淹壞了莊稼，築個壩有用沒用。」

王同志似乎仍舊有點疑心。「夏天水高一點，可是並不滿出來。」

「但是譬如它要是滿出來——」顧岡解釋著。「我不過這麼想著，也許我可以根據這一點，擬出一個故事來。」

「可是——」王同志驚異的望著他。「我不懂你為什麼要去造個假的故事。現在這大時代，有那麼許多現成的好材料……」現在他終於知道顧岡是哪一等的作家了。他幾乎笑出聲來，好容易才忍住了。但是突然有一大群鴨子在上游出現，飛快的順流而下，快到不可想像。一片「呷呷呷呷」的叫聲，就像老年人扁而尖的笑聲。這在一剎那間，似乎產生一種錯覺，就彷彿是王同志運用最奇妙的腹語術，把他的笑聲移植到水面上，「呷呷呷呷」順流而下。王同志和顧岡兩人都覺得有點窘，臉上顏色都變了。

八

天氣暖和得奇怪，簡直不像冬天。也許要下雨了。黑隱隱的一大陣蠓蟲，繞著樹梢團團飛著。遠看就像是這棵樹在冒烟。

有人噹噹敲著小鑼，村前敲到村後，喊著，「開會呵！到村公所去開會呵！人人都要去的！」

月香只好把孩子也帶去，因為家裏沒有人。她牽著阿招到隔壁去找金有嫂一同去。金根是自歸自去的。在這種時候，永遠是「男軋男淘，女軋女淘，」就是到了會場裏，雖然並沒有明文規定，也仍舊是男女各站在一邊。

在武聖廟大殿前面的大院子裏開會。大家擠來擠去，和熟人大聲招呼著，在下午的陽光中瞇瞜著眼睛。大殿正中的簷下放了一張桌子。農會主任用一塊竹片在桌上一拍，會場裏就靜了下來，可以聽見遠遠的雞啼聲，像夢一樣的迷惘。然後農會主任咳嗽了一聲，開始說話了。

月香自從回到鄉下來，一天到晚開會，這裏的會比上海里衖裏多得多，但是月香還是沒有開慣會。到了大家該舉手的時候，她永遠是最後一個舉起手來。做這件事的時候，女人們大都吃吃笑著，男人們也同樣的羞澀，總是很小心的把眼睛向前直視著，不朝旁邊的人看，免得大家難為情；他們臉上那種微笑的神氣就像是說：「這不過是一種禮節，其實也就跟作揖請安一樣。看上去雖然可笑，可是現在興這一套嘿，現在大家都這樣。」

然後金根在人叢後面站了起來，說，「我提議請王同志給我們講話。」大家也就跟著噼噼啪啪一陣鼓掌。月香的心卜通卜通跳著。別人站起來說話，並沒有人拍手，而金根一張開嘴來，大家就一齊拍手。但是她是不是也應當拍手呢？——要給人家當作笑話講了，妻子替丈夫捧場，要成為村子裏的話靶子了。可是一方面她又覺得，只有她一個人不拍手，彷彿獨持異議，也不大妥當。正是不能決定，很痛苦的時候，掌聲已經停止，王同志已經走上石階，開始演講了。

他這篇演說非常長，講題是文娛活動。他今天演說的目的，倒並不是要啟發群眾，而是要懾服顧岡。後來他把顧岡正式介紹給群眾，並且要求顧岡也給他們講一段，關於文娛活動。這時候天已經黑了，桌上擱了一盞油燈。聽眾都坐立不安，但是並沒有人溜走，因為門口有民兵把守著。

顧岡因為事前沒有準備，只好臨時想出幾句話來塞責，講了不到一刻鐘，就結束了。散會以後，群眾又在廟前的空地上練習秧歌舞。燈籠火把的光與影在那紅牆上竄動。大鑼小鑼一遞一聲敲著。

「嗆嗆嘍嗆嘍！

嗆嗆嘍嗆嘍！」

年青人頭上紮著黃巾，把眉毛眼睛高高的吊起來，使他們忽然變了臉，成為兇惡可怕的陌生人。他們開始跳舞，一進一退，搖晃著手臂。金根也在內。婦女老弱都圍在旁邊看著，含著微笑。但是在這一群旁觀者之間，漸漸起了一陣波動，許多人被擠了出來，儘管一方面抗議著，仍舊給推了出來，加入了舞者的行列。

有一個女人給拉了去，彷彿不甘心似的，把月香也從人叢拖了出來，喊著：「你也來一個，金根嫂！」月香吃吃笑著，竭力撐拒著，但是終於被迫站到行列裏去。她從來沒有跳過舞，她的祖先也有一千多年沒跳過舞了，在南中國。她覺得這種動作非常滑稽可笑。其實她在上海的時候，也曾經看見過女學生和女工在馬路上扭秧歌，當時也認為這是一件時髦事情。

火把終於吹熄了，燈籠也都散了開來，冉冉的各自跟著人走了。大家走回家去。月香在棉襖底下流著冷汗，她太疲倦了，倒有點輕飄飄的，感到異樣的興奮。她一向喜歡熱鬧。她牽著阿招，和金有嫂並排走著。在黑暗中，她可以聽見金根的聲音在和別人說話。雖然看不見他，就這樣遠遠的聽見他的聲音，也有一種安慰的意味，使她覺得快樂。

月亮在雲背後。一層層的雲擁在一起，成為一個洞窟，洞口染上一抹琥珀色的光。下起毛毛雨來了。但是那月亮仍舊在那裏，琥珀洞窟裏的一團濛濛的光。他們還沒到家，雨已經下得很大。最後一截路，大家都狂奔著。

金根先到家。油燈剛點上，還有點冒烟。

「也不幫我抱抱阿招，」月香抱怨著。「重死了，像塊大石頭一樣。」

「我沒看見你們。」

她剛坐下來，已經有人在外面砰砰砰打門。

「誰呀？」金根走到門前去。屋瓦上的雨聲與嘩啦嘩啦流下來的簷溜，使他不能不大聲嚷著。

是金有嫂，來借臉盆，鍋鑊或是水缸。「顧同志的屋子漏了，」她說。「我們什麼都拿去接著，還是不夠。東西都淋濕了。」

月香幫著她抬了一隻大缸過去，看見他們那裏亂烘烘的。顧岡的東西都搬到譚大娘房裏亂堆著，老夫妻倆正在那裏討論著今天晚上怎樣睡。月香回來告訴了金根，金根就過去邀顧岡到他們這邊來過夜。老兩口子又是皺眉又是笑，不敢露出喜悅的神氣。

「好吧，那麼，」譚大娘遲疑的說。「就讓顧同志在你們那兒住兩天，等我們屋頂修好了再搬過來。我們反正儘快的修。」

但是他們究竟還是不敢擅自把顧岡送出門去。譚老大穿上了釘靴，打著傘，冒雨到廟裏找王同志，向他請示。得到了王同志的許可，這裏就動手搬運行李。月香把金花從前住的那間房打掃出來。譚大娘幫著把顧岡的被褥攤開。金有嫂是一個寡婦的身分，有些事情不便上前。但是他們一家子都跟了過來，照應得非常周到。

顧岡對於搬家這回事，也和他們一樣的覺得喜出望外，而也像他們一樣的遮掩著，不願意露出來。阿招圍繞著他的箱籠什物轉圈子，摸摸這樣，摸摸那樣。她胆子很大，因為顧岡在這些孩子裏面，一向對她另眼看待的。

譚老大譚大娘終於站起來走了，金有嫂替他們撐著傘。雨勢這樣猛，他們又是咒罵又是笑。家裏的客人一走，他們的聲音已經響亮得多了，連咳嗽也咳得響些。

現在輪到金根和他的妻嘁嘁喳喳耳語著了。顧岡可以聽見他們在隔壁房裏輕聲說話，就像家裏有一個病人一樣。只有那小女孩有時候忽然岔進去，高聲喊出一兩句話，毫無顧忌的。

他坐在床上，對著油燈，突然心裏充滿了鄉愁，非常想念他自己的家與妻。他把那竹筒燈台推過去一點，騰出地方來，攤開信紙，給他的妻子寫信。他告訴她今天晚上因為屋漏，怎樣倉卒的搬了家；農民對他多麼親熱，他們對他的關懷多麼使他感動。他又說他在冬學教書的情形，又報告他今天關於文娛活動的演講。

風在地平線上直著喉嚨呼號著。竹子紮的牆震得格格的響。他這間房中間用竹牆隔開來成為兩間，那半邊是譚老大他們的，養著一隻豬。豬很不安的咕噥著，因為那風雨聲，又因為牠看不慣竹牆裏漏進來的一條條的燈光，映在地上。

顧岡寫了一半，手都凍僵了，張著手在那油燈的小火焰上取暖。背後的房門吱呀一聲響，那火焰閃了一閃，差一點熄滅了。他回過頭來，看見月香笑嘻嘻的走了進來。在燈光中的她，更顯得艷麗。他覺得她像是在夢中出現，像那些故事裏說的，一個荒山野廟裏的美麗的神像，使一個士子看見了非常顛倒，當天晚上就夢見了她。

「還沒睡呀，顧同志？」她說。她帶來了一隻籃子來，裏面用灰掩著幾塊熾炭。從前總是譚大娘每天晚上給他送來。最初就是她的主意，他抗議著，但是不生效力，後來倒也覺得有這麼一個東西渥渥腳也不錯，因為夜間實在奇冷。譚大娘剛才一定是告訴了月香，說他每天晚上需要一個。他真討厭那老太婆，太周到過分了。這一帶地方，除了年老體衰的人，誰也不用這種籃子，譚大娘拿了來放在他被窩裏，他倒並不介意，但是月香拿了來，就使他覺得十分羞慚，在她眼中看來，他簡直成了個老太婆了吧？

「實在用不著，」他喃喃的說。「下次不用費事了。」

她向他微笑。「一點也不費事。」她走了。

籃子在被窩裏高高凸起，床腳頭彷彿聳起一個駝峰，他淒涼的在床上坐了下來，轉過身來凝視著它。他從來沒有像今年冬天這樣怕冷。一定是因為營養缺乏。他再提起筆來寫信，油燈卻漸漸暗下去了。他不耐煩的去撥動那燈芯，戳來戳去，燈竟滅了。在黑暗中又找不到他的火柴盒。剛才搬家的時候不知道給收到什麼地方去了。

沒有辦法，只有上床睡覺。雨仍舊像擂鼓似的，下得不停。肚子餓得厲害，使他睡不著；想起月香，使他感到煩惱。她在夏天不穿棉襖袴的時候，不知道究竟是什麼樣子。他老是翻來覆去，自己都担心起來，不要踢翻了籃子，燒糊了被窩，也許甚至於把房子燒了。

挨到天快亮的時候，他終於下了個決心。第二天，等雨停了，他就步行到鎮上去寄信，照常在飯館子裏吃飯。但是他回來之前，買了些食物揣在口袋裏帶回來——以前他從來沒有做過這樣的事。他買了些乾紅棗和茶葉蛋。他有一種犯罪的感覺，因為他算是和農民一同生活的，他們吃什麼，他也得吃什麼。

那天晚上他吃了茶葉蛋和紅棗之後，很小心的用一張紙把蛋殼和棗核包了起來。到了早晨，他口袋裏揣著那包東西出去散步。也真是奇怪，鄉村的地方那樣大，又那樣不整潔，然而像這一類的垃圾簡直就沒處丟。他不得不走到很遠的地方去，到山崗上去，把蛋殼和棗核分散在長草叢裏。

月香替他洗了襪子和手帕。太陽下山的時候，她把洗的東西收了進來，把他的襪子手帕疊得整整齊齊的，送到他房間裏去，也許打算在那裏略微逗留一會，談談天。事實是，她並不討厭這個城裏人，甚至於他要是和她打牙磕嘴的，略微調調情，也並非絕對不可能的事——雖然她決不會向自己承認她有這樣的心。

天還沒有黑，他那房間裏倒已經黑下來了，但是還沒有點燈。她站在門口，起初並沒有看見他正在那裏吃一隻茶葉蛋。等她看明白了的時候，她漲紅了臉，站在那裏進退兩難，和他一樣的窘。

然後她說，「你的襪子乾了，顧同志。」她匆促的向他笑了一笑，把東西擱在他床上，極力做出自然的樣子，忙忙的走了。

吃晚飯的時候，顧岡把剩下來的兩隻茶葉蛋拿到飯桌上來，要切開來大家分著吃。他很窘的解釋著，說這是他那天到鎮上去的時候買的，帶回來就擱在那裏，一直忘了拿出來吃。這樣幾句簡單的台詞，他竟說得非常的糟，自己覺得很著惱。他們的態度也不大好。反正只要是與食物有關的事，他們已經無法用自然的態度來應付它了。食物簡直變成了一樣穢褻的東西，引起他們大家最低卑最野蠻的本能。

月香勉強笑著，臉色非常難看，再三推讓著，叫他留著自己吃。金根抓著他兩隻手臂，拼命推開他的手。但是最後因為禮貌關係，他們不得不接受下來。那一天的晚飯吃得非常不愉快。平日也就沒有什麼話可說，那天更加靜悄悄的，誰也不開口。從此他們對他們的客人的態度就冷淡下來了。

自從那一天之後，月香很少到顧岡房間裏來。每次來之前，她總要和別人大聲說著話，預先給他一個警告。她似乎以為他一天到晚無論什麼時候都可能在那裏吃東西。她這種假定，使他覺得很生氣，彷彿有一種侮辱性。

阿招現在也從來不進他的房，顯然是被明令禁止了。他從來沒有看見阿招在那裏偷看他吃東西，但是她母親大概屢次捉到她在那裏偷看。忽然之間，他會聽見外面哇啦哇啦，又是罵又是打，孩子放聲大哭起來。

他到鎮上去得更勤了，但是每次去，總仍舊要假借一個藉口。小鎮上實在沒有什麼可買的東西，他常常買紅棗，因為那是「補」的；也買那種鐵硬的大麻餅，直徑五寸闊；還有叫做「金錢餅」的小麻餅——他從前吃過的，但是從來沒注意到它吃起來咵嗤咵嗤，響得那樣厲害。白天沒法關房門，只好背對著門坐著吃東西。像這樣偷吃，他覺得實在是一種可恥的經驗。但無論如何，確是緩和了飢餓的痛苦和精神上的不安，使他能夠工作下去。

有一天下午他在院子裏晒太陽，編寫那水壩的故事。月香坐在簷下縫衣服。她那孩子緊挨著她，站在旁邊。顧岡全神貫注在他的工作上，起初並沒有注意到那邊發生的事，那孩子臉上露出一種固執的神氣，她在母親身上擦過來擦過去，用很大的勁，月香雖然對她不瞅不睬，也被她推搡得左右搖擺著，那孩子時而也低聲嘟囔著，不知道在說些什麼，並且鼻子裏哼哼著，發出一種幽怨的聲音。有時候她又絕望的扯一扯她母親的袖子。

「嗚哩嗚哩鬧些什麼？」月香突然叫了起來，把她一甩甩開了。「你想要怎麼樣呀，癟三！簡直就是個釘靶的叫化子，給你釘上就死不放鬆！天生的討飯胚！天天這樣，也不管旁邊有人沒人！你怎麼不死呀，癟三？你怎麼不死呀？」

孩子哭了起來，抬起兩隻手臂，輪流的用兩隻袖管拭淚。月香始終沒有停止補綴衣服，也並不朝那孩子看著，只管顛來倒去把那幾句話重複著，說了一遍又一遍。正彷彿她的怒氣已經漸漸消散了，突然又是一陣氣往上湧。她用一種斷然的動作，把她縫補的衣服放了下來，並且很小心的把針別在上面，免得遺失了。那孩子從經驗上知道要有大禍臨頭。她急得團團轉，兩隻手互相扭絞著，嘴裏吱吱喳喳不知說些什麼。顧岡在旁邊看著，覺得非常驚異，這五六歲的小女孩表現恐怖與焦急，簡直像舞台上的一個壞演員的過火的表演。她那乾瘦的小臉看上去異樣的蒼老，她彷彿是最原始的人類，遇到了不可抗拒的強敵。在這一剎那間，顧岡有一個不可理喻的衝動，簡直想掉過頭來就跑，彷彿受威脅的是他自己。

月香一把揪住阿招，劈頭劈腦打下去。孩子哭嚎起來。

「好了，好了，金根嫂！」顧岡走上來想拉開她們。「小孩不懂事，你怎麼能跟她認真？好了好了，算了！」

她完全不睬他。也甚至於他的干涉反而使她多打了兩下。她終於住了手，又坐下來繼續補衣服。阿招站在庭院中心嗚嗚哭著。

「把鼻子擦擦！」月香厲聲喊著。

顧岡回到他的座位上去。太陽不久就下去了，他回到他自己房裏去，把椅子帶了進去。月香正眼也沒有看他一眼。

那天晚上，那孩子一直怯怯的非常安靜。她睡熟了以後，月香坐在旁邊做針線，心裏也覺得有些懊悔。

她突然對金根說，「等過年的時候，我們也買點肉，給阿招做點什麼吃的。」

她原來還有錢剩下來，金根想。她並沒有全部借給她母親。他不應當這樣想——他覺得這是可鄙的，就像他在那裏鬼鬼祟祟偵察她的行動。但是他不由得不這樣想著。

她說了這話，又懊悔起來，轉過身來察看那熟睡的孩子的臉。「要是給她聽見了又不得了，到時候沒肉吃，要鬧死了！」她慚愧的吃吃笑著。但是隔了一會，她又沉思著說，「其實只要一點豬油。買點豬油來做米粉糰子……豆沙餡。小孩都愛吃甜的。」

九

婦聯會又要開會了。月香照例到隔壁去叫金有嫂一同去。

「她到溪邊洗衣服去了，」譚大娘說。

月香走開了，譚大娘就嘟囔著說，「要去不會自己去，還非得拉別人一塊兒去。別人又不是坐在家裏沒事幹。一家子老的老，小的小——一天到晚忙著開會去，家裏這些事誰做？一會兒來叫，一會兒來叫，叫魂似的。你又不是婦會主任，要你這樣巴結，到處去拉人。倒真是夫妻兩個一條心。算你當上了勞模了——」她掉轉話鋒，說到金根身上，聲音越來越高。「人家捧你兩句，就發了昏。也不想想，你收的那九担糧食都到哪兒去了？到哪兒去了，我問你——還不是跟我們一樣餓肚子！」

「好了好了，不要說了，」譚老大輕聲說。

「唉，年青人傻呵！」譚大娘嘆著氣說。她坐在那裏績麻。「受不了人家兩句好話，就恨不得為人家扒心扒肝，命都不要了，我老太婆活得比你們長，我吃的鹽比你們吃的飯都多。我見過的事情就多了。一會兒這個來了，一會兒那個來了，兵來過了又是土匪。這回是比什麼土匪都厲害。地下埋著四兩小米，他都有本事知道！噯，不要想瞞得過他們！」

「嗨喲，老天爺，這都是說的什麼話呀？」譚老大高聲叫了起來。「今天發了瘋了！」

譚大娘索性大喊起來，「老頭子你不用害怕！我不會連累你的，你放心！讓他們去報告去！去立功去！隨他再巴結些，還不是跟我們一樣餓肚子！」

譚老大知道她那脾氣是越扶越醉，攔不住她，也就由她去了。他知道顧同志今天不在家，又到鎮上去買他的私房糕餅去了——這現在已經不是秘密——金根也出去了，到山上打柴去了。他們看見金根出去，但是他回來恰巧沒被他們看見。他一直在自己屋裏。

月香也回來了，因為她忘了叮囑金根一聲，要留神不要讓孩子溜到顧同志屋裏去。她一走進院子，就聽見譚大娘在那裏大嚷大叫，一時也聽不出她是和老頭子吵架還是在罵媳婦。她回到自己屋裏，看到金根站在門口，姿勢很奇異，笨拙的垂著兩臂，像一個長得太高的半大孩子。

她把頭略略向隔壁側了一側。「在那兒跟誰吵架？」

他望著她，彷彿聽不懂她的話。

然後她也就聽清楚了譚大娘在叫喊著些什麼。金根的臉色是淒厲的。她很快的從他臉上望到別處去。她恨那老婦人這樣殘酷的揭他的痛瘡，使他心裏這樣難受。

「大娘，你別這麼嚷嚷好不好？」她隔著牆喊著。「我們聽見了不要緊，萬一讓別人聽見了去報告，回頭你還怪我們，還當是我們幹的事，這冤枉跳到黃河裏也洗不清！」

「你別拿報告來嚇唬我，」譚大娘叫喊著。「我才不怕呢！我老年人風中燭，瓦上霜，我還想活一百歲麼？倒是你們呵，年紀輕輕的不要黑良心！黑良心害人，往後也沒有好日子過！」

「好了好了，少說一句吧！」譚老大拼命攔著。

「無緣無故罵人家黑良心，」月香叫喊著。「一個做長輩的也不像個長輩！年紀都活到狗身上了！」

譚大娘大鬧起來。「你敢罵我？我是你罵得的？你發了瘋？你是吃飯還是吃屎的？」

「大家少說一句吧！」譚老大哀求著。

「得了得了，算了！」金根對他老婆說。

「死老太婆！」月香嚷著。「你怎麼不死呵，死老太婆！」

「你們這些女人！」金根憎厭的說。

「你去報告去！有本事叫我媳婦去告我去！到婦會去告我去！去呀！去呀！」

「你倒是有完沒完？有完沒完？」譚老大咬緊了牙齒說。跟著就聽見一陣扭打的聲音，和拳頭啪噠啪噠搥在棉衣上的聲音。

「好，你打，你打！」譚大娘放聲大哭起來。「我這麼大年紀了，孫子都這麼大了，你還打我呀？你打死我吧！我也不要活著了，我還有臉活下去呀？」

許多東西豁啷啷跌到地下去，大約是因為桌腿被碰著。譚大娘遍地打滾，號啕大哭。

「你去勸勸去！」金根對月香說。

「我是不去！」

最後金根只好一個人去了。「好了好了，你老人家，」他把老頭子拉開了。「這麼大年紀了，這些年的夫妻了——看人家笑。」

譚大娘一把眼淚一把鼻涕，坐在地下嗚嗚哭著。許多散亂的頭髮，又白又硬像貓鬚一樣，披在她面頰上。

譚老大用盡了力氣，氣喘吁吁的，揪住了金根半天說不出話來，但是老不敢撒手。他囁嚅著解釋老婆子今天忽然發了瘋，其實完全與月香無關。金根不願意看他那絕望的乞憐的臉色。他用勁擺脫了他，回到自己家裏來。房間裏空空的一個人也沒有，月香去開會去了。

自從這一天起，譚大娘和月香兩人見了面總不招呼。

十

這兩天顧岡天天到村公所去幫著寫春聯。這都是預備在新年裏賣給農民的，挨家分派，家境好些的，派一副七個字的，十分窮苦的，派一副五個字的，因為價格高下一向是以字數多寡為標準的。最普通的字句是「毛主席萬歲，共產黨千秋。」雖然對仗也很工整，一個個黑潤光圓的字寫在紅紙或是珊瑚箋上，也仍舊非常悅目，但是和從前的「聚福棲鸞地，堆金積玉門」之類比較起來，總彷彿兩樣些。

金花回娘家來那天，是一個陰暗的釀雪天。她來的時候，顧岡還沒出去，所以大家只坐在那裏，有一句沒一句的閒談著。等顧岡一走，她就訴起苦來。她說她婆婆因為看在她新來的份上，待她比較客氣點，妯娌們都熬不得她，聯起檔來說她的壞話。她們說她又懶又饞，說她丈夫甯可自己挨餓，省下東西來給她吃。她婆婆聽了非常生氣，罵兒子沒出息。金花說這都是沒有的事。大家都挨餓是真的。

月香這次從上海回來，帶了一條毛巾，一塊香肥皂來送給她，又引起許多閒話。自從那時候起，婆媳幾個就常常露出口氣來，要她回娘家來借錢。這次她婆婆正式對她開了口，叫她回來借錢。不然他們過不了年。

「嗳呀真是——」月香說，「我早知道鄉下苦到這樣，我再也不會買那些東西來帶給你，反而害你為難。」

金花繼續敘述她的苦痛，用一種單調的聲音，臉上也沒有表情，眼睛望著地下，兩隻手抄在棉襖下面。房間裏非常冷，常常有很長久的靜默，他們都坐在那裏動也不動，噴吐出白烟來。

「你忍著點吧，妹妹！」月香安慰的說。「在人家家裏，自然要委屈一點，不像在自己家裏的時候。」

金花聽見這話，倒反而一陣心酸，低下頭來掀起衣襟，揩擦著眼睛。擦了又擦，那眼淚好像流不完似的。

「妹妹你不要哭，」月香說。「你總算運氣好的，只要妹夫對你好，將來總有熬出頭的日子。眼前雖然苦一點，也不是你一家，家家都是這樣。要說我們家過的什麼樣的日子，別人不知道，妹妹你是知道的——」她開始敘述自己家裏的苦況。

金根一句話也沒說。他也知道月香剩下來的那點積蓄，是決捨不得拿出來的。但是他想起小時候和他妹妹在一起的情形，不由得心裏難過。小時候他什麼都給她，就連捉到一隻好蟋蟀也要給她。到了清明節的時候，城裏的人下鄉來上墳，他總是忙忙碌碌的村前趕到村後，躲在樹木後面守候著，等他們向旁觀者分散米粉糰子。他收集的糰子比誰都多，足夠他們兄妹倆吃的。夏天他在田裏捉螞蚱，用一根草拴上一長串，拿回家去叫他母親整串的放在油裏煎出來，煎得焦黃的，又香又脆。

他們一直是窮困的。他記得早上躺在床上，聽見他母親在米缸裏舀米出來，那勺子刮著缸底，發出小小的刺耳的聲音，可以知道米已經快完了。一聽見那聲音，就感到一種澈骨的辛酸。

有一天他知道家裏什麼吃的都沒有了，快到吃午飯的時候，他牽著他妹妹的手，說，「出來玩，金花妹！」金花比他小，一玩就不知道時候。他們在田野裏玩了許久。然後他忽然聽見他母親在那裏叫喚，「金根！金花！還不回來吃飯！」他非常驚異。他們回到家裏，原來她把留著做種子的一點豆子煮了出來。豆子非常好吃。他母親坐在旁邊微笑著，看著他們吃。

現在他長大成人了，而且自己也有了田地，但是似乎還是和從前一樣的默默受苦，一點辦法也沒有。妹妹流著眼淚來求他，還是得讓她空著手回去。

他坐在板櫈上，兩隻膝蓋分得很開，身體往前傾，一隻手儘在頸項背後亂摸著。月香向金花訴苦，訴了一大套之後，站起來走到那邊去做飯。金根就也站起身來，跟了過去。她正彎著腰在缸裏舀米。

「今天我要吃一頓好好的飯，不要那稀裏光噹的東西，」他低聲向她說。「煮得硬一點，我要那米一顆顆的數得出來。」

「好了，你快走開點，讓妹妹看著奇怪，不知道我們在這兒搗什麼鬼，」她輕聲說著，連頭也沒回。

他回到金花這裏，她已經收了淚，在和阿招玩耍著。她牽著阿招的手，站在顧岡的房門口，向裏面張望。

「我瞧瞧。阿招你還記得吧，這是我的屋子，」她說。

「快別進去，」阿招說，「媽要打你的。」

「為什麼？」

「那人在家的時候，連看都不讓看。他吃東西讓你看見了，媽要打你的。」

阿招喜歡和她的姑母跳跳蹦蹦玩著。然後，到了吃午飯的時候了。他們吃的仍舊是每天吃的那種薄粥，薄得發青；繩子似的野菜切成一段段，在裏面飄浮著。金根非常憤怒，喉嚨裏簡直嚥不下去。他默默的吃著，突然咣嗒一聲把碗放了下來，走到院子裏去吸旱烟。

開始下雪了。極細小的一點點雪花，起初只有映在那黝黑的山上才看得見。然後漸漸的可以看見那雪白的天上現出無數的灰色細點子，緩緩下降。金花說她得要動身回去了。月香叫她等一等，說那雪下不長的，等雪停了再走。但是她彷彿有點坐立不安。過了一會，她又站起來要走。

「姑姑你別走！你住在這兒別走了！」阿招拉她的衣襟不放手。

月香笑著說，「你不放姑姑回去，姑夫要打上門來了！」

金根把他那把橙黃色的大雨傘拿了出來，粗暴的塞到他妹妹手裏。

「你們自己不要用麼？」金花這樣說著的時候，不朝著他看，倒向她嫂嫂望著。

月香再三說他們隨時路過周村，可以帶回來。他們送她出去，送到大路上，兩個女人合撐一把傘，金根跟在後面。但是還沒走到村口，他突然轉身回去了，一句道別的話也沒有說。

雪不久就變成了雨。江南的雪常常是這樣的。月香回來的時候沒有打傘，一到家，正忙著找了塊布，擦乾衣服和頭髮，金根已經對她嚷了起來。

「叫你給我們好好煮一頓飯——又是那稀裏光噹的米湯！要不是妹妹在這兒，我真朝你臉上摔過去！」

「天天不就是吃的這個！妹妹又不是客！」

「她難得來一次，連飯都不讓人家吃飽了回去！」

「你這人就是這樣不講理！也不想想，她來了就特為吃得好些，人家還當我們天天吃得那麼好。日子過得那麼富裕，問我們借錢，倒有臉一個子兒也不借！」

金根沉默了一會，終於說，「她不會多我們這個心的。」

「就算她不多心，也保不定人家不多心。她回去一告訴她男人，還不一家子都知道了！」

「她不會跟人說的。」

「要是我，我不會不告訴你的。」

他無話可說了。

雨天的下午，房間裏非常陰暗閉塞。潮濕的布鞋發出一股子氣味來。金根走過去往床上一倒。躺了一會，他突然坐起身來，把那打滿了補釘的舊棉被一捲捲了起來，往肩膀上一揹，站起來就走。

「你幹什麼？」月香叫喊了起來。「你上哪兒去？」

「我去當了它，打點酒來吃。」

「你發瘋了！」她用盡全身的力氣揪住那棉被。「這麼冷的天，要凍死了！」

「死就死，這種日子我也不要過了！」

「誰聽見過這樣的事——這樣的數九寒天，去當棉被！這要不凍死才怪！」

「我去推牌九去，贏了錢再把被窩贖回來，這總行了！」

「噯喲，你饒了我吧！」她喘著氣說。

她拼命往這頭拉，拉不過他，她又急又氣，眼淚流了一臉。他突然把手一鬆，別過身去不理她了，彷彿厭煩透頂似的。她噗突一聲往那泥地上一坐。然後她爬了起來，把被窩也拾了起來，一面哭泣著，一面把被窩抖擻著，抖掉了灰。

「他到底要我怎麼樣？」她想。「我們自己餓得半死在這裏，倒要我借錢給她，幫著養活她婆家那些人？」

她翻來覆去對自己這樣說著。不這樣，就無法激起自己的怒氣。因為雖然是她有理，她不知道為什麼，心裏卻有些慚愧。他似乎非常苦悶的樣子，使她看著有點担憂起來。

晚飯後，她很早就去睡覺，把那床被窩緊緊的裹在阿招和她自己身上。後來金根上床的時候，想把那棉被拉過來一點，蓋在自己身上，但是她緊緊的攥住不放，說，「你用不著蓋！你不怕冷！」

他把那被窩使勁一扯，差一點把她和孩子都拖翻在地上。然後——她非常詫異——他竟一聲不響的吹滅了燈，和衣躺了下來。彷彿被窩蓋與不蓋，完全置之度外了。

他這樣躺著，很久很久沒有睡著。很想翻過身去抱著她，既然喝不到酒，就用她來代替，用那溫暖的身體來淹沒他的哀愁。但是他自己心裏覺得非常羞慚，因為他的貧窮，無用。他想起那些老笑話，說一個窮人，餓著肚子還要去纏著他的老婆，被老婆奚落一頓。也許她也會嘲笑他的。

將近午夜的時候，她確實知道他睡著了，方才把棉被分一半給他蓋上，又在黑暗中摸索著，給他把被窩塞塞緊。於是他在睡夢中伸過手臂去擁抱著她，由於習慣。

十一

農會裏通過一項決議：在新年裏，闔村都要去給四鄉的軍屬拜年，送年禮。每家攤派半隻豬，四十斤年糕，上面掛著紅綠彩綢，由秧歌隊帶頭，吹吹打打送上門去。每一家軍屬門上給貼上一張紅紙條，上面寫著「光榮人家」，貼的時候再放上一通鞭炮。

家裏沒有養豬的人家，就折合現錢，此外還有買爆竹的錢，每家都要出一份。限定了一個日子交付，但是日期早已過了，大家還一點動靜也沒有。在開會的時候，農民一致舉手贊成這提議，當時大家明明知道誰也沒有力量執行它，然而都舉了手。現在他們大家都觀望著，看別人打算怎麼樣。

農會主任和他的妻——也就是婦聯會主任——分別召集大會，又去挨家訪問，個別說服，但是仍舊毫無效力。王同志不得不一家家去催。到了金根家裏，他說，「譚金根，你是個勞動模範，村子裏的積極份子，你要起帶頭作用才對。我們要把這件事當作一個任務來完成它。這實在是一個政治任務，有政治意義的。這你總該知道它有多麼重要了！人民解放軍的家屬，我們應該照顧的。沒有人民解放軍，你哪裏來的田地？從前的軍隊專門害老百姓，現在兩樣了，現在的軍隊是人民自己的軍隊。軍民一家人了！」

金根仍舊堅持說著他拿不出錢來，也沒有米做年糕。「我們已經吃了兩個月的粥了，」他說。

月香聽他的口氣太短促，近於粗暴，她著急起來，趕緊岔進來仔細訴說他們的艱難困苦，用一種哀怨的口吻娓娓說來，說上一大篇。

「一家有一家的難處，」王同志微笑著說。「可是你看看別的村子裏——他們過的日子不見得比我們強。他們照樣還是非常踴躍的給軍屬採辦年禮，誰也不肯落後。難道我們比他們不愛國？」他把一隻腳提起來，踩在板櫈上，像是預備舒舒服服的長談一下。

但是金根一口咬定說他沒有錢也沒有米。王同志笑了，說，「我知道你也實在是為難。大家都是一樣，各有各的難處，不過至少你們比別人還好一點。你的女人一直在城裏做工。你們兩個人都生產，家裏人口又少，負担輕。別的不說，就光說吃的，你們也比別人吃得好些。」

金根不由得紫漲了臉。王同志這話，當然是指著那一次被他看見他們在那裏吃乾稀飯，那還是月香剛回家來那一天。金根知道那都是他自己不好，那天都是他鬧著一定要吃飯，吃飯，結果被王同志看見了。他越是恨自己，越是羞憤交併，一時竟失去了自制力。「王同志，」他大聲叫喊起來，「你出去問問！去問問大家，我們每天吃的都是些什麼東西！這些事情，誰瞞得了誰？——米湯裏連一點米花都看不見！饒這麼著，我們的米都已經快沒有了。眼看著就要過年了，心裏就像滾油煎的一樣！」

月香拼命阻止他，不讓他說下去。王同志倒並不介意，仍舊笑嘻嘻的和他辯論下去。王同志幹這一類的工作，實在是熟極而流，即使頭頂地，腳朝天，倒站在地下，也能夠滔滔不絕的說下去，一說說好幾個鐘頭，毫無倦容。

他們的爭論其實可以無限期的進行下去，永遠得不到結論，因為他們各說各的，等於兩條平行線，永遠沒有接觸之點。金根只管訴窮道苦，王同志並不理會他那一套，只拿大道理來曉喻他，說他對軍屬應當負起責任來。

「你當然有你的困難，我知道。不過你不要太強調你的困難，」王同志和顏悅色的說。「眼光放遠一點！」

「眼光放遠一點！我們開了春就沒得吃了！到時候叫我們怎麼樣？有『大鍋飯』給我們

吃麼？」

王同志雖然有無限的耐心，一提起「大鍋飯」，不由得臉色一變。鄉下一直有這謠言，說要強逼大家把糧食充公，在一個公眾的大灶上做飯給大家吃。農民對於「大鍋飯」這樣東西一向感到恐怖，然而現在大家饑餓到一個地步，竟由恐懼一變而為憧憬著了，因為在他們的想像中，這可能是一種政府救濟的方式。

「你們這些人哪，要是把眼睛望在自己田地上，加一把勁努力生產，要比夢想著『大鍋飯』好得多！」王同志厲聲說。他臉上的笑容不見了，就像臉上少了一樣東西，不知道是少了個鼻子還是眼睛，看上去很異樣，使人有一種恐怖之感。

「王同志你不要聽他胡說，」月香氣急敗壞的說。「今天也不知怎麼，犯了牛脾氣，也是因為前兩天跟我鬧彆扭，想要當了被窩去賭錢、喝酒，是我攔住了他，沒讓他去，到現在還在那兒跟我嘔氣。」

他們兩個人誰也不去理她。「過了春荒還有夏荒，」金根大聲嚷著，「等不到秋天，我們都不知道死到哪裏去了！」

王同志拍桌子叫喊著，「譚金根，你這種態度非常不對！我對你算得耐心的了，也是看你從前還肯努力。我看你簡直變了！是怎麼回事？是不是有人拖你的後腿？」

他當然是說月香。月香這時候已經不在旁邊了，她悄悄的溜到了床背後去，隨即又從黑暗的角落裏走了出來，手裏拿著一件東西。她內心的掙扎使她臉上漲得緋紅，但是她向王同志一步一步走過去的時候，始終帶著微笑。「王同志，我這兒有一點錢，是他不知道的。請你帶了去給我們買爆竹，買半隻豬。他不曉得我有這錢。我也就剩這一點了。」

王同志就像沒聽見一樣，繼續的拍桌子向金根叫喊著。他讓她站在旁邊等了許久。金根向她瞪著眼看看，彷彿恨不得把她當場打死。

最後王同志終於轉過臉來望著她，冷冷的說，「你早為什麼不說？口口聲聲說一個錢也拿不出。對自己的政府都這樣玩弄手段。現在的政府是人民自己的政府了，你們這些人到什麼時候才覺悟呵！還是這樣不坦白！」

「是的，是我不好，王同志。他是真的不知道。是我瞞著他留下的一點私房錢。」

「四十斤年糕，快點做好送了去——至遲後天一早要送到。你要好好的跟他談談，糾正他的思想。他今天這態度非常不好。」

月香送王同志出去，送到院子外面，站在大門口看著他走進另一家人家。她突然覺得一陣疼痛，頭髮被人一把揪住了，往後面一拖。金根連接幾個耳刮子，打得她眼前發黑。她拼命掙扎著，悶聲不響的踢他，咬他。她沒有叫出聲來，怕王同志沒有去遠，或者會聽見。

但是金根不管這些，一面打，一面就高聲罵了起來，「算你有錢！算你有錢！老子不稀罕你那幾個臭錢！我正在那兒說沒有，沒有，你那兒就捧出來了，當面給我打嘴！不是誠心跟我搗亂？下次再要，我看你拿什麼出來！害死人！今天不揍死你，我不是人養的！」

他下手那樣重，月香雖然極力忍著，也哇的一聲叫了出來。譚老大走過來勸解。譚大娘也來了。自從她上次和月香吵架，被老頭子打了一頓，她這些天都沒有和月香交談過。但是她今天也跑過來勸架，因為她向來是個熱心人，無論誰家出了什麼岔子，永遠有她在場。而且這是一件愉快的事，眼看著一個敵人飽受羞辱，也就像自己那天一樣的當眾被羞辱。

「好了好了，金根！」譚老大連聲說。「有話好說！君子動口，小人動手。」

「好男不與女鬥！好了好了，金根！別讓王同志聽見了！」譚大娘最後這句話實在有點失言，等於火上澆油。也許她是有意的。

「少拿王同志來嚇唬我！」金根越發拳打腳踢起來。「今天非揍死她不可！讓她上婦會報告去！我不怕！」

老夫婦倆好容易把他們拉了開來。金根氣烘烘的從大門裏走了出去。

「這金根就是脾氣不好，」譚大娘說。「別處受了氣來，不該拿老婆出氣。」

月香一句話也不說，蓬著頭坐在地下抽抽噎噎哭著，嘴角涔涔的流下一縷血來。譚大娘把她攙到屋子裏去，她面朝下向床上一倒，傷心的大哭起來。

譚大娘也在床沿上坐了下來。「夫妻打架是常事，你也犯不著跟他認真。夫妻沒有隔宿仇的。」然後她俯下身來湊在月香耳邊低聲說，「也不是你們一家的事。我們比你們還要吃虧。我們那隻豬還不是送給他們了。要錢，我們拿不出來，叫我們去問親戚借。『你媳婦不是有個妹子嫁在鎮上麼？』——他媽的，什麼都知道！現在她到鎮上去找她妹子去了。要是借不到錢，又不知道怎樣。」她嘆了口氣，彎下腰來，掀起衣角來擦眼睛。「唉！不容易呵，今天過不到明天！」

月香只是伏在床上，哭得兩隻肩膀一聳一聳的。她哭得天昏地暗，彷彿她被泥土堵住了嘴，活埋在一座山底下了，因為金根不了解她。

第二天他們天一亮就起來，磨米粉做年糕。古老的石磨「咕呀，咕呀」響著，緩慢重拙的，幾乎是痛苦的。那是地球在它的軸心上轉動的聲音……悠長的歲月的推移。

磨出米粉來，又舂年糕，整整忙了一天。到了晚上，他們把一張桌子搬到院子裏來，板桌中心點著一支蠟燭，大家圍桌子站著。金根兩隻手搏弄著一隻火燙的大白球，有一隻西瓜大。他哈著腰，把球滾來滾去，滾得極快，唇上帶著一種奇異的微笑，全神貫注在那上面，彷彿他所做的是一種最艱辛的石工，帶有神秘意味的——女媧鍊石，或是原始民族祀神的雕刻。

他用心盤弄著那熾熱的大石頭，時而擘下一小塊來，擲給下首的月香。月香把那些小塊一一搓成長條，納入木製的模型裏。她從容得很，放了進去再捺兩捺，小心的把邊上抹平了，還要對著它端詳一會，然後翻過來，在桌面上一拍，把年糕倒了出來，糕上就印上了梅花蘭花的凸紋。桌上有一隻舊洋鐵罐，裝一罐胭脂水。她用一支五根鵝毛紮成的小刷子蘸了胭脂水，在每一塊年糕上隨意的點三點，就成為三朵紅梅，模糊的疊印在原有的凸凹花紋上。阿招鬧著要由她來點梅花，她說她也會點，但是桌子太高了，她夠不著。

年糕終於全部做好了，搬到屋子裏去，疊得高高的晾乾它。大家忙著去數一共有多少條，計算著斤兩。院子裏冷清清的，一支紅蠟燭點剩半截，照著那桌子上空空的，就剩下那隻烏黑的洋鐵罐，裏面用水浸著一塊棉花胭脂。

月香走過來把那塊水淋淋的紅色棉花撈了出來，在她的腮頰和眼皮上一陣亂擦，然後把手心按在臉上，把那紅暈抹勻了。

「不犯著白糟蹋了，」她自言自語的說，很短促的笑了一聲。她把孩子也叫了來，給她也濃濃的抹上一臉胭脂。那天晚上她們母女倆走來走去，都是兩頰紅艷異常，在燈光下看去，似乎喜氣洋洋的。倒的確是一種新年的景象。

十二

天色還只有一點濛濛亮，村子裏倒已經有許多人在那裏殺豬了。遠遠的聽著，牠們那一聲聲尖銳淒厲的長鳴，就像有人在那裏狂吹著生銹的警笛。

有豬的人家今天都殺豬，預備給軍屬送年禮。在早晨九點鐘左右，譚老大也把他的豬趕到門外的廣場上。村子中央有這樣一個凹陷下去的廣場，四周用磚石砌出高高的平台，台上築著房子。一概都是白粉牆的房屋，牆上被雨淋出一條條灰色的水痕，深一塊淺一塊，像淒涼的水墨畫。

「別在外頭殺，」譚大娘跟出來叨叨著。「還是在自己院子裏好，外頭人多口雜，萬一有不吉利的話說出來。就快過年了，也要圖個吉利。」

「不相干。又不是殺了自己吃，」譚老大無精打采的說。「要是真講究這些，還得點起香燭來殺。」

已經預先把豬餓了一整天，為了要出清牠肚子裏的存貨。把牠從豬圈裏一放出來，牠就到處跑著，靜靜的，迫切的把鼻子湊到那淡褐色的堅硬的泥地上，尋找可吃的東西。忽然之間，牠大叫起來了——有人拉牠的後腿。牠叫著，叫著，索性人來得更多了，兩三個人七手八腳捉住了牠。牠一聲聲的叫著，永遠用著同樣的聲調，一種平板無表情的刺耳的嘶鳴，比馬嘶難聽一點。

牠被掀翻在一個木架上。譚大娘握住牠的前腿後腿，譚老大便俯身去拿刀。他有一隻籃子裝著尖刀和各種器具。但是他先把嘴裏啣的旱烟管拔了出來，插在籃子柄的旁邊。那籃子很美麗，編完了還剩下尺來長的篾片，並沒有截去，翹得高高的，像圖畫裏的蘭花葉子，長長的一撇，筆致非常秀媚。

尖刀戳進豬的咽喉，也並沒有影響到牠的嗓音。牠仍舊一聲聲的嗥著。但是豬被殺的時候叫得太長久，也認為是不吉利的。所以叫到後來，譚老大就伸出一隻手來握住牠的嘴。過了一會，牠低低的咕嚕了一聲，彷彿表示這班人是無理可喻的。從此就沉默了。

已經死了，嘴裏還繼續冒出水蒸氣的白烟。天氣實在冷。

豬的喉嚨裏汩汩的流出血來，接了一桶之後，還有些流到地下，立刻來了一隻小黃狗，叭噠叭噠吃得乾乾淨淨。然後牠四面嗅過去，希望別處還有。牠一抬頭，恰巧碰到豬腿上，一隻直挺挺的腿，蹺得遠遠的。牠好奇的嗅了嗅那條腿。也不知道牠得到怎樣的一個結論，總之牠似乎很滿意。牠走來走去，有時也泰然的在豬腿下面鑽過去，毫不加以注意。牠那黑眼睛亮晶晶的，臉上確實是含著笑。譚老大把牠一腳踢開了，然而牠不久又出現在他胯下。譚老大腿上裹著麻袋的綁腿，那淡黃色的麻袋與狗是一個顏色。

金有嫂挑了兩桶滾水來，倒在一隻大木桶裏。他們讓那豬坐了進去，把牠的頭極力捺到水裏去。那顆頭再度出現的時候，毛髮蓬鬆，像個洗澡的小孩子。譚老大拿出一隻挖耳來，替牠挖耳朵，這想必是牠平生第一次的經驗。然後他用一個兩頭向裏捲的大剃刀，在牠身上刮著，一大團一大團的刮下毛來。毛剃光了，他把一隻小籤子戳到豬蹄裏面去剔指甲，一剔就是一個。那雪白的腿腕，紅紅的攢聚的腳心，很像從前的女人的小腳。

老頭子需要從豬蹄裏吹氣，把整個的豬吹得膨脹起來。這樣比較容易拔毛。他頓了一頓，才把豬腳啣到嘴裏去。這件事他已經做過無數次了，還是一樣的起反感。

圍上了一圈人，在旁邊看著。他們偶爾也說一兩句話，但是只限於估量這隻豬有多少斤重，有多少斤油；昨天哪家殺的那一隻有多少斤重，加以比較；去年另外一家人家殺的，打破紀錄的那一隻，又有多少斤重。

「這隻豬只有前身肥，」一個高而瘦的老人說。他穿灰布長袍，高高聳著兩隻方肩膀。誰也沒有答理他。他們的話全都是獨白。

那個高個子的老人回到自己家裏去，不久又來了，拿著一隻青花碗和一雙筷子，站在那裏呼嚕呼嚕吃著那熱氣騰騰的粥，一面吃一面看。

豬毛有些地方不容易刮去，金有嫂又提了一壺滾水來，把壺嘴緊挨在豬身上，往上面澆。終於渾身都剃光了，最後才剃頭。他們讓那豬撲翻在桶邊上，這時候牠臉朝下，身上雪白滾壯的，只剩下頭頂心與腦後的一攤黑毛，看上去真有點像個人，很有一種恐怖的意味。剃完了頭，譚老大與譚大娘把那個尸身扳了過來，去了毛的豬臉在人前出現，竟是笑嘻嘻的，兩隻小眼睛彎彎的，瞇成一線，極度愉快似的。

他們把死豬搬到室內來，臥在一張桌子上。陰曆年尾的寒冷，使這房間成為一個大冰窖。豬頭已經割了下來。它恬靜的躺在那裏，把它那白色的巨喙擱在桌面上。也不知道他們是遵守一種什麼傳統——這種傳統似乎有一種陰森怪異的幽默感——他們給那豬嘴裏啣著牠自己的蜷曲的小尾巴，就像一個快樂的小貓咬著自己的尾巴一樣。

他們的豬圈也同時就是茅廁，村子裏大都是這樣。一間黑黝黝的房間，正中挖了一個淺淺的坑，坑裏養著豬。幾隻尿桶高高的站在土坑的邊緣上，隨時有滾下去的危險。那天下午，老頭子進去倒尿桶，向那黑暗的坑裏望了一眼。裏面空空落落的，少了一個偃臥著的形體，也聽不見那熟悉的咕噥的聲音，房間裏顯得靜悄悄的，有些異樣。

他從豬圈裏走出來，走到那稀薄的黃色陽光裏。他覺得非常震動而又疲乏，就像痛哭過一場，或是生過一場大病似的。他的媳婦在院子裏刷洗那隻大木桶上的油污。他的妻子坐在門檻上，用一塊破布擦抹他殺豬的器具，一件一件擦乾淨了，仍舊收到籃子裏去。他走到屋簷下站著，兩隻手抄在他的藍布作裙底下，把那裙子兜得高高的。

「以後再也不養豬了！」他突然說。

「你從前也說過這話，」老婦人說。她看他不作聲，就又再殘酷的釘上一句，「你哪回不也是這樣說。」

「哪個再養豬，是婊子養的！」他大聲說，眼睛並不朝她看著。

金有嫂啜泣起來了。她手上膩著豬油，不能用手去拭淚，只好抬起一隻肩膀，把面頰在肩膀上挨擦著。滾熱的淚水順著臉淌下來，很快的就被風吹冷了。

他們三人都在想著那回「那件事」。那還是從前日本人在這裏的時候。……他們譚家是個大族，但是只有五房裏興旺過一個時期，出過舉人進士，做過官，發了財以後就造了這座房子給族人居住。那破爛的大白房子裏面住的都是些莊稼人，但是大門口仍舊掛著一個堂皇的金字匾額，「進士第」。共產黨來了以後，這塊匾卸了下來了，但是在抗戰期間是還掛在那裏的。

大房子裏分出無數的庭院，中間橫貫著長長的一條條陰暗的石砌甬道。這些甬道雖然上面覆著屋頂，其實簡直就像衖堂一樣，小販可以自由的進出，在房屋裏面穿過，叫賣東西。又來了一個瞎眼的乞丐，順著腳走到房屋裏面來了，他的竹杖點在地上鋪的石板上，發出清脆的「滴——滴——」聲。

那年也是臘月裏，急景凋年的時候，和現在一樣。討飯的瞎子大聲唱唸著一連串的吉利話。

「……步步好來步步高，

太太奶奶做年糕。……」

乞丐之後又來了一個挑著担子賣麻油的，扁担上一頭墜著個黃泥罐子，高聲唱著「香油要哦香油？」

小販走了過去，這房屋與它四周的村落就沉入午後的寂靜中。譚大娘一個人在院子裏磨珍珠米。她站在陰影裏，時而把一隻手伸到陽光裏來，把磨盤上的珍珠米抹一抹平。金黃夾著白色的一顆顆，緩緩的化為黃沙瀉下來。

她突然抬起頭來，豎起耳朵來細聽著。甬道裏彷彿遠遠的有一種嗒嗒聲，不是盲人的竹杖，是皮鞋踏在石板上。那時候汪精衛的和平軍駐紮在關帝廟裏，士兵常常到村子裏來。

她正在那裏留神聽著，後門口已經砰訇作聲，有人衝了進來。他們的後門通著甬道。她聽見後面房屋裏有人緊張的高聲說著話。

「讓我在這兒躲一躲，」賣蔴油的小販氣喘吁吁的說。「他們來了！我看見他們來了！」

「要是朝這邊來，那你躲在這兒也沒有用，」譚老大說。

「那麼快點讓我從那邊門裏出去吧，」小販挑著担子衝到院子裏來，兩罎子油撞在門框上，訇訇響著。

「小心點，小心點，」那老頭子說。

「他們來了！」譚大娘愚笨的向她丈夫輕聲說。然後她飛奔到院子外面，他們新做的米粉麵條放在牆根下晒著，淡黃白色的，小小的一團一團，像一個個稻草窠一樣。她彎下腰來一個個拾起來。

「這些都讓它去，算了，」老頭子喘息著趕了出來。「快來幫我把豬藏起來。」

「我有主意——」譚大娘興奮的輕聲說。「抬到屋裏去。屋裏好。」

他們先後奔到豬圈裏。那母豬養得非常肥大，老頭子抱不動牠，牠在他懷裏一扭一扭的，他有力氣也使不出來。這時候金有嫂正在奶孩子，也奔了進來，匆忙的把孩子遞到老婦人手裏，就蹲下身來幫助他。

譚大娘向她媳婦直蹬腳。「你跑到這兒來幹什麼？還不快去躲起來！快點！」

「噯，快點，快點，快躲起來！」老頭子也仰起頭來用異樣的眼光望著她，在驚怖中幾乎帶著憎惡。

「咦，孩子怎麼不帶了去，」譚大娘有點生氣的叫了起來，追了上去，把孩子塞到媳婦手裏。

老頭子看見媳婦，忽然想起兒子來。「嗨，金有呢？」他叫喊起來。「不能讓他們看見。不要給拉伕拉了去！」

「噯，快叫他躲起來，快點！」老太婆顫聲說。「噯呀，瞧你這糊塗勁兒，孩子怎麼能帶著走，待會兒他哭起來，可不把你毀了！還不快交給我！」

老婦人把孩子倚在牆根下坐著，自己又跑回去幫著老頭子扛豬。老夫婦倆總算把那口豬抬了起來，搬到屋子裏去。牠的體重增加得實在驚人，他們就連在這樣的情形下，也不由得感到片刻的興奮與陶醉。

「床上，」譚大娘喘著氣說。「擱在床上，蓋上被窩。」

母豬咕嚕著，表示抗議。他們給牠蓋上一條舊棉被，大紅布面，上面有星形的小白花。老婦人把被窩牽上來，蒙上牠的頭，四面塞得嚴嚴的。她設想得很周到，還從床底下撈出一雙鞋來，比得齊齊整整的放在床前。

他們已經可以聽見大門口人聲嘈雜。

「你沒有閂門吧？」她焦急的問。「閂上門也沒用，反而惹他們生氣。」

兵已經進來了，腳步聲咚咚響著，幾隻驚慌的母雞被他們追逐著，跑在前面做了先鋒。「喂，沒人在家？」內中有一個在那裏叫喊。「人都死光啦？」

老夫婦倆連忙笑嘻嘻的迎了出去。來了三個兵，都是北方人，說著一種難懂的方言。

「嚇！裝聾！」他們不耐煩的說。

老夫婦倆終於聽明白了，他們是問家裏有什麼吃的。老婦人開始訴苦；訴慣了，已經熟極而流——收成壞，捐稅又重，家裏已經一粒米也沒有了。她一方面訴說著，內中有一個兵，是個大麻子，他已經單獨跑到院子對面去搜查。有一間屋子門口貼著個黃紙條，宣佈這家人家最近有喪事。金根的母親剛死了一個月。那白木棺材仍舊停在家裏。金根和金花那兩個孤兒剛巧到山上去掘筍去了。那麻臉的兵一走進房門，就看見那口棺材，連忙在地下吐了口唾沫，轉過身來，就到隔壁那間房裏，那是譚老大的豬圈。

「嗨，老頭子，你的豬呢？」他在裏面大聲叫喊著。

「我豬賣了，老總，」老頭子回答。

「胡說！沒有豬，怎麼會把地方弄得這樣髒？」那兵士說。他在入伍之前也是一個農民。

「這些鄉下人最壞了。從來沒有一句實話，」另一個兵說。這人是他們裏面年紀最大的一個，臉色黃黃的，瘦削的腮頰，厚厚的眼瞼，那疲乏的眼睛彷彿褪了色，成為淡黃褐色。

他轉過臉來，把他那黃褐色的眼珠盯著老頭子望著，大聲問：「豬在哪裏？哼唔？」最後這一聲是一種有音無字的吼叫，似乎出自一個不會說中國話的野蠻人。他發現這一聲吼有時候很有效力。

老頭子顯然十分震恐，還是老婦人滿面春風的擠上前來替他解圍。「老總，豬是真賣了。唉，不捨得賣喲——也還不夠肥的，賣不出大價錢，可是有什麼法子呢，等米下鍋嘿！曖呀，那天把牠趕到集上去，我哭呵，哭呵！……鄉下人苦呵，老總！」

「你聽聽！」那富有經驗的中年兵士倦怠的微笑著。「信她那些鬼話！這些鄉下人沒有一個好的！」

他的同伴是一個臉色紅潤的大孩子，兩隻手臂分別的挾著兩隻雞。他威脅的向老頭子走近一步。「說！你老實說！」他大聲喊著，舉起鎗靶來。頓時起了一陣啪啪的響聲，他挾著的雞逃走了一隻，亂撲著翅膀，咯咯叫著跑進屋去，一飛，從那高高的門檻上飛了過去。滿地都是雞毛。

「他奶奶的！」年青的兵詛咒著，一面笑，一面追了進去。母雞飛到一張桌子上，油瓶與碗盞豁啷啷跌到地下來。

其餘的兩個兵也跟了進去，把鎗豎在地下，身子倚在鎗上，斜伸了一隻腳站著，在旁邊看著他捉雞，大家笑得格格的。

「把牠脖子扭一扭，」那麻臉的兵勸告他。「不掐死牠，待會兒拉起屎來，給你弄一身雞屎。」

那中年兵士掀起那舊藍布棉門簾，向裏面房間裏張了一張。老婦人立刻站到他身邊含笑懇求著，「家裏有病人，老總。屋子裏髒，還是請外邊坐吧，老總，請外邊坐。」

那兵士不理睬她，逕自走了進去，那兩個也跟了進去。老婦人跟在後面只管叨叨著，「病得不輕。大燒大熱的，嚇死人了。見不得風。這時候再一吹風，可真沒命了。」她匆匆向床上看了一眼，略微心定了一些。一切都還像剛才一樣，沒有移動。

幾個兵在房間裏靴聲橐橐的走來走去，摸摸這樣，摸摸那樣。

「嗳，進來瞧瞧，瞧瞧，」老婦人無可奈何的笑著說。「唉，窮人家裏沒什麼可看的！」一句話才出口，她突然大吃一驚，看見那被窩開始波動起來了。那隻豬不耐煩起來了。

譚大娘迅速的走到床頭去，將那被窩一把捺住。那長喙在裏面一拱一拱，想伸出來透一口氣，但是她堅決的握住了被窩。「你找死呀，你這糊塗東西，這時候汗還沒乾，再一吹風，你這條小命還要不要？不是我咒你的話。」她責罵著。「好好的給我躺著，不許動。耐心點。蒙著頭出身汗就好了。聽見沒有？」

她又把被窩四周塞塞好。她自己也覺得詫異，那豬竟不動了。

那中年兵士的歷練的眼光四面掃射了一下，尋找藏錙的痕跡，看地下有沒有一塊土是新翻過的，土牆上有沒有新補上的一塊。另外兩個兵找不到什麼有興趣的東西，已經在那裏爭論著那兩隻雞的吃法。

「一隻紅燒，一隻清燉，」那年青的兵說。

「雞太老了，紅燒沒味，」那麻子說。

譚大娘的心突然停止跳動了，她看見那中年兵士向床前走去。他彎下腰來，向床下張望著，看有沒有箱子，泥地上有沒有可疑的新土的痕跡。然後他站直了身子，已經轉過身來要走了，忽然注意到床面前的一雙鞋。是自己家裏做的那種青布鞋，從腳踝後面生出一根絆帶。顯然是女鞋，而且是年青的女人穿的，纏足的老太婆絕沒有這樣大的腳。

譚大娘看見他眼睛裏忽然發出光來，她覺得大禍臨頭了，身體突然虛飄飄起來，成為一個空殼。

「嘿，麻子！」他帶笑喊著。「我們有個花姑娘在這兒！」

那麻子三腳兩步跑到床前，把被窩一掀。最初有一剎那的沉默，大家都不相信。然後他們鬨然笑了起來，紛紛咒著罵。

「他媽的，」那麻子嚷著，「怎麼想起來的！把豬藏在床上！」

那中年兵士舉起鎗靶來，趕著那老婦人打著。「胆子倒不小，騙老子！活得不耐煩了，你？」

吱吱叫著的豬已經從床上跳了下來，向房門外一鑽。那年青的兵只顧忙著去抓住牠的後腿，不得不放鬆了他挾著的兩隻雞，兩隻雞繞著房間跑著，瘋狂的咯咯叫著，更加亂成一片。

「你們哪個來幫我一下，」那年青人大聲叫著。「別站在旁邊看熱鬧。嗨——快堵著門！」

那麻子幫著他把豬捉到了，給他把豬揹在背上。太重了，壓得他站不起來。掙扎了半天，他終於搖搖晃晃站起來。那麻子在旁邊跳上跳下，拍著大腿狂笑著。

「嗨，你們瞧，你們瞧，」他大聲喊著：「李得勝揹著他娘來了！」

李得勝氣得臉通紅的，突然把手一鬆，讓那豬從他背上溜了下來，噗通一聲跌倒在地下。然後他撲到那麻子身上去，和他扭打起來。現在輪到那中年兵士來捉住那隻豬了。

「噯，老婆子，別站在那兒裝死，」他不耐煩的喊著。「找根繩子來把牠捆起來。吊在扁担上。不然讓我們怎麼帶回去？這東西這麼髒。」

老夫婦倆找到一根麻繩，把豬捆綁起來。這時候那麻子已經把那年青人推開了，他把床前的鞋子拾起了一隻。

「人呢？」他問那老婦人。「可別又賴說是你的鞋子。再扯一句謊，我真打死你。」

「對了，花姑娘呢？」那中年兵士重新發生了興趣。

「不是花姑娘，是我媳婦，她回娘家去了，她娘家在桃溪。」

「又扯謊！又扯謊！」那麻子拿起鞋底來使勁抽她的面頰，不停的打著。「這老渾蛋！沒有一句真話！老子今天不打死你才怪！」

「老總別生氣，別生氣，」老婦人叫喊著，半邊臉被打得鮮紅。「她是真不在這兒，我又不會變戲法，不能立時三刻把她變出來。我有一句話不實在，天雷打死我！」

「老子馬上打死你——還等雷打！」

那老頭子被李得勝和中年兵士包圍住了。他們打他的嘴巴，把刺刀在他臉跟前晃來晃去，但是他也一口咬定，說他們媳婦的確是回娘家去了。

「我們自己去找去，」那麻子說。「找到了跟他們算賬。」

「找到了你們不用想活著，」那中年兵士對老夫婦倆說。

那老頭子微笑了，老婦人也打著哈哈，說他們倒並不担憂，因為媳婦的確在二十里外的桃溪。

「好，那麼，你們有本事別跑。」他們在房子裏裏外外一路搜查過來，讓老夫婦倆走在他們前面。他們看見靠牆堆著一個稻草堆。那中年兵士把他的刺刀插到稻草裏面去，連戳了幾下。他彷彿聽見一絲微弱的呻吟聲。

「唔，花姑娘在這兒，」他微笑著說。

「好，那我們把稻草拉下來吧。別再用刀戳戳搗搗的，弄死了大家都落個空，」那麻子焦急的說。

「你放心，死不了的！」那中年兵士說。「你瞧他心疼得這個樣子！還沒見面呢，倒已經這樣疼她了，這要見了面還了得！」

那麻子重重的推搡了他一下，那中年兵士身體單薄，像是有烟癮的，差一點被他推了一跤。

「出來出來，」那中年兵士叫喊著。「馬上給我滾出來！再不出來我放鎗了！」

老夫婦倆沉默著站在旁邊眼睜睜望著，看見一隻袴腿從稻草堆裏跨了出來。又出來了另一隻袴腿。最初他們只感到心頭一鬆，看見是他們的兒子金有，從稻草堆上跳了下來。

「這是什麼人？」那麻子失望的叫了出來。

「是我的兒子，老總，」那老婦人說。

「把他帶了去，李得勝，」那中年兵士說，「讓他給我們扛著豬。」

「不成，不成，老總你們做做好事吧！」那老婦人急得大叫了起來。「老總你們好心有好報，我們就他這一個兒子，他爹今年八十了，我都八十一了，他走了誰給我們送終？」她不禁慟哭起來，跪下地去攀住他們的腿，並且又轉過身來叫她丈夫也跪下來。「你還不快求求老總，幾位老總都是善心人，看我們這樣一大把年紀跪在這兒，不會不開恩的！」

李得勝把刺刀指著金有的背脊，逼著他走在前面，走到屋子裏把豬扛出來。金有是瘦伶伶的中等身材，像他父親一樣。他走在半路上，停頓過一次，稍稍傴僂著，把一隻手按在左面肩膀上，那一塊衣服上有一個漸漸擴大的紅漬。

「裝死！」李得勝把他踢了個觔斗。

老夫婦倆望著他們兒子狹窄的背影在大路上漸漸遠去。他肩上挑著扁担，那隻豬四腳攢蹄縛在一起，像個皮球似的圓滾滾的在扁担上宕下來，搖搖擺擺的。繩子的另一端繞在他手臂上，牽在李得勝手裏。在那淡金色的夕照裏，老遠的也可以看得很清楚他衣服上黏著的稻草屑。

那麻子還不死心，不找到那女人不肯走。

「一定就躲在這旁邊什麼地方，走不遠的，」他說。

「快走吧走吧，」那中年兵士說。「不快點跟了去，這隻豬沒你的份兒了。我告訴你，一到家，讓排長抽個頭，連長抽個頭，廚子又得揀好的給自己留下，拿去孝敬他姘頭，還有他那些兄弟。你能落下點豬血熬豆腐吃，就算運氣的了！」

那麻子恨恨的嘟囔著，兩人一同揚長去了。

把譚家的豬與兒子帶走了之後的第二天，天還沒亮，這一個分隊就開拔了，離開了這村莊。又有別的隊伍來了又走了。被拉去的伕子，也有些逃走了，輾轉乞食回到家鄉來。譚老大他們家裏一直盼望著金有也會逃回來。然後有一天早上，他們聽見兵士在村莊前面的空地上操練著。操兵的叱喝聲停頓了一會，在那靜默中突然發出一聲沙嗄刺耳的大嗥，嗓門很寬，那聲音又拖得很長。中間隔著一段寂靜，又來了一聲這樣的長嗥。前後一共有好幾聲。後來村子裏大家輕聲談講著，說這是兩個逃兵被捉住了，把耳朵割掉了做為懲罰。那塊空地的泥土裏隱隱現出一攤攤的血漬。

人們把這故事互相告訴著的時候，雖然一方面感到恐怖，臉上不由得帶著一絲微笑。耳朵被割掉，總彷彿有一點滑稽。但是譚老大他們家裏並不覺得滑稽。他們立刻覺得一陣冷風在耳朵旁邊吹過，留下兩個血淋淋的黑洞。

譚大娘做了個夢，夢見她兒子回來了，他把兩隻手掩著耳朵，無論她怎樣勸說，也沒法使他把手拿開，讓她來替他包紮傷口。她在夢中很吃力的盤算著，應當怎樣積下幾個錢來，給他買一頂三塊瓦的皮帽子，可以遮住耳朵，彷彿這樣就解決了他的問題。她醒過來以後，哭了又哭。

他們也曾經把這個故事告訴別人聽過，但是很少全部告訴別人，因為這或者會使別人疑心他們的媳婦的貞操成問題。人家不免有一絲疑惑，也說不定那些兵最後還是找到了她，他們家裏的人為了面子關係，只說是沒有找到她。

時間一年年的過去，漸漸的大家都知道，金有大概是永遠不會回來的了。他母親對於這件事變得非常敏感，無論什麼人說話的口氣裏彷彿說他已經死了，她立刻大發脾氣。現在已經是七年以後了，家裏又損失了一隻豬……媳婦在院子裏俯身伏在木桶的邊緣上，抽抽噎噎在寒風中哭泣，她就高聲罵著媳婦。

「你哭些什麼？」她質問著。「好好的嚎些什麼喪，就快過年了，也不怕忌諱！你公公和我，老是老了，還沒死呢！等我們死了你再哭不遲！」

這是唯一的一次，金有嫂完全不聽話，仍舊恣意的啜泣著。

那老婦人終於惱怒的叫喊著，「不許再哭了！他沒死也要給你哭死了！你是不是要咒死他，你好去另外嫁人？」

金有嫂無端的受了冤枉，心裏十分難受，哭得更響了。

那老婦人突然再也忍不住了，也涕泗滂沱起來，大聲叫喚著，「我狠心的兒啊！這些年了，連一封信都沒有！狠心的孩子呀！你再不回來，要看不見我嘍！我還能再等多少年呀？」

「好了，不要說了，」老頭子說。「今天顧同志在家裏，」他輕聲提醒她。

「你怕什麼？那還是從前和平軍幹的事。是和平軍把他拉了去的。」

「打完了戰，不是有許多和平軍都給收編了？他要是還活著，也說不定他在國民黨那邊當兵，」老頭子說。

譚大娘嚇怔住了，半天說不出話來。如果是這樣，那他們就是反革命家屬了。但是她不久就又抖擻精神，老著臉說，「誰知道呢？也說不定他給共產黨擄了去，當了解放軍了。那我們就是軍屬了。我們也該拿到半隻豬，四十斤年糕。」

「說的都是些什麼瘋話，」譚老大不屑的喃喃說著。「想吃肉吃年糕，都想瘋了！」

十三

豬隻和年糕一大清早就挑到村公所去了。家裏的房子彷彿空空的，淒涼得很，就像剛嫁掉一個女兒一樣，辛辛苦苦好容易把女兒忙出門去了，心裏不免惘然若失。月香這一天上午一直沒有心腸做事，老覺得沒著沒落的。等等金根還不回來，就到隔壁去打聽譚老大回來了沒有。

「還沒回來呢，」譚大娘說。她伸過臉來輕聲說：「我叫他記著要笑嘻嘻的，担子挑進去的時候不要愁眉苦臉的。你好給也是給，惡給也是給。你愁眉苦臉的，白丟了這些東西還落不到一個好字。」

「誰說不是呢，」月香嘆了口氣。「我就担心金根那撅脾氣，他一定想不通。」

她們閒談了一會，等候著男人們回來。

「我就怕他又去當棉襖賭錢去了，」月香担憂的說。「他這一向老是心不定，想往外跑。我還是上茶館去一趟吧，去瞧瞧他在不在那兒。」

「你別自己去找他。要是他真在那兒賭錢，給你抓住了，當著這些人，他面子上下不去，又要吵起來了。還是讓阿招去吧。」

月香喊阿招沒有人應，到處找著也找不到她。

「這小鬼，」月香說。「我看見她跟在她爹担子後頭走。看見吃的東西就像蒼蠅見了血一樣。一定跟著那年糕一直跟到廟裏去了！」

她們正在院子裏說話，譚老大忽然興奮的奔了進來。

「快關門！快關門！」他說。「快門上！孩子們呢？都在家裏？你們快上屋裏去！」

「怎麼了？看你慌得這樣。」譚大娘說。

譚老大門上了院門，轉過身來輕輕說了一聲，「鬧起來了。」

「怎麼？」

「金根呢？」

「得了，別提金根了！金根這脾氣呀——我早就說他總有一天要闖大禍！剛才在那兒秤年糕，是王同志說了一聲，說他斤兩不足，這就嚷起來了。別人呢也是不好，也都跟著起鬨，這事情就鬧大了。幸虧我跑得快，扁担籮筐可都丟了。」

月香急得眼前發黑。「大爺，你看見阿招沒有？」

譚老大的動作突然凍住了，然後他伸出一隻食指來指著她。「喂，你還不快點！快去把她找回來！跟著她爹一直跟到廟裏去了。」他又顛三倒四起來，抱怨著，「才門上了門又得開門！待會兒你們回來了還又得開門！」

月香飛奔著朝關帝廟跑去。她的心輕得異樣，完全是一個空白，一個空空洞洞的東西吊在半空中。她老遠的就可以看見那粉紅色的牆，聽見那嗡嗡的人聲。她筆直跑進去，進了廟門，大殿前的院子裏坦蕩蕩的一個人影子也沒有，滿院子的陽光，只聽見幾隻麻雀在屋簷下啁啾作聲。但是突然有一個民兵從東配殿裏衝了出來，手裏綽著一隻紅纓槍，那一撮紅纓在風中蓬了開來。那簡直是像夢境一樣離奇的景象，平常只有在戲台上看得見的，而忽然出現在正午的陽光下。月香站在那裏呆住了，眼看著他在她身邊衝了過去，從廟門裏出去了。

她三兩步奔上石級，向那暗沉沉的大殿裏張望著。一個人也不看見。她急忙轉過身來，又跑出廟門。這一次她可以聽見那鬧哄哄的人聲是從慎大木行那邊傳來的。那木行被政府徵用了，現在是政府倉庫。她朝著那方向跑去，大喊著「阿招！阿招！」

那木行是一座低低的平房，白牆上寫著八九尺高的大黑字，「慎大木行」，但是自從被政府徵用之後，那四個大黑字用水沖洗過了，變成大片的灰色墨團團。一大群人黑壓壓的擠在它門口。

「阿招，回去吧！回去吧，阿招爹！」她叫喊著。

兩個民兵在人群的邊緣上揮動著紅纓槍，他們也在喊，「大家回家去吧！好了好了，大家回去吧！」

「我們要借點米過年！」人叢裏有一個人喊著。

「這樣好的收成，倒餓著肚子過年！」

「我們要借點米過年！」人叢裏有一個人喊著。

「借點米過年總不犯法！」

「什麼借不借？是我們自己的糧食！」

人聲倏起倏落，她也聽不出來哪一個是她丈夫的聲音。她感到一種奇異的興奮，竟使她忘記了她的憂慮，使她不好意思再叫喊著「回去吧，阿招爹！」

「老鄉們！」一片喧囂中可以聽見王同志的聲音在叫喊。「你們有話好商量！有什麼問題我們大家來解決！大家先回家去，我保證——」扁担砰砰的撞門的聲音淹沒了他底下的話。

一個孩子嚇得嗚嗚哭起來了，月香立刻尖聲喊著「阿招！阿招！」一面就向人堆裏擠去。

「媽！媽！」阿招大喊著。

民兵開始揮動長槍與木棒，到處有人挨著了一下，痛楚的叫出聲來，咒罵聲「他媽的！要出人命了！」彷彿帶著一種詫異的口吻。

扁担繼續撞著門，「通！通！通！」那暗紅色的小板門吱吱呀呀響了起來，然後轟通一聲倒了。

「老鄉們！大家冷靜點！這是人民的財產！人民的財產動不得的！」王同志嚷得喉嚨都嘶啞了。「我們大家來保護人民的財產！」

一隻扁担在他腦後重重的搗了一下。他慘叫了一聲，在人叢中倒了下去。臨時趕了來的幾個帶鎗的民兵開始噼噼啪啪放起鎗來。群眾本來蜂擁著向倉庫裏擠去，現在就又拼命向外擠，喊聲震天。但是事實上還是屋子裏面比較有掩蔽些，所以仍舊有一部份人繼續向裏擠，倒更加堵在門口不進不出。

帶鎗的民兵退後幾步，扳著鎗托子重新裝子彈。

「媽的，你再放鎗，再放鎗——老子今天反正不要命了——」許多人亂烘烘叫喊著擁上前來，奪他們的鎗。

「快上房去，你們這些渾蛋，」王同志已經又掙扎著站了起來，在人叢中狂喊著。他是打慣游擊的。「上房去，爬在房頂上放鎗！」

「媽！媽！」阿招繼續叫喊著，聲調平扁，永遠沒有絲毫的變化。

「阿招！阿招！」阿招就在不遠的地方，但是月香擠在人堆裏，一步也挪動不了。在那惡夢似的一剎那中，就像是她們永生永世隔著一個深淵互相呼喚著。

王同志把小張同志的鎗一把搶了過來。他那勤務兵已經慌成一團。王同志把鎗奪到手裏，抵在自己的胯骨上，向人叢中盲目的射擊著。他很快的重新裝上子彈，又射擊了一通。人堆裏被他殺出一條血路來。許多手抓住他的衣服，但是他掄起那隻鎗來左甩右舞，總算衝了出去。他臉上青一塊紫一塊滿是傷痕，腦後涔涔的流下血來，帽子也丟了，身上的制服也撕破了，倒拖著一隻鎗狂奔到廟裏，回到他住的西配殿裏。顧岡剛巧在他房裏。出事的時候，顧岡正在這裏寫「光榮人家」的紅紙條。現在他蒼白著臉站在書桌後面，彷彿落到了陷阱裏一樣。

「他們哪兒來的鎗？」他顫聲問。

王同志沒有回答，頹然倒在一張椅子上，把鎗橫架在膝蓋上；他那油膩膩的棉制服向上擁著，他把下頦埋在他那飽滿的胸脯裏。

「你受傷沒有，同志？」顧岡這時候才想起來問他。

「我沒有什麼，」王同志無精打采的答應了一聲。

「他們怎麼有鎗，」顧岡恐怖的輕聲說。

王同志冷淡的看了他一眼。「那是我們的民兵在那裏保衛倉庫。」

「哦。」顧岡一時倒窘住了，不知道說什麼才好。

遠處的鬧嚷嚷的聲音已經靜了下來，但是仍舊可以聽見間歇性的鎗聲。王同志把他那條毛巾從腰帶後面抽出來，揩擦著臉上與頸項上的汗珠。

「我們失敗了，」他沉重的說。然後他又重複了一遍，就像他還是第一次說這話，「我們失敗了。」

顧岡沒有作聲。

「我們對自己的老百姓開鎗，」王同志惘惘的說。

顧岡避免朝他看，心裏想著他現在太緊張了，大概自己並不知道犯了多麼嚴重的錯誤。雖然僅只是一時意志薄弱，信仰發生了動搖，承認共產黨是失敗了，嚴格的說來也就是叛黨的行為，即使事情隔了十年八年，在任何整肅運動裏都可以被人提出來檢舉他的。他現在雖然還沒有想到這一點，遲早總要想到的。只有一個人聽見他說這話。他不免要想消滅掉那唯一的證人。他職位雖然低，至少在這村莊裏面他的權力是絕對的。在這樣的集體屠殺裏，多死一個人又有什麼關係？

王同志突然站起身來，他膝蓋上架著的鎗喀啦嗒滾下地去，把顧岡嚇得直跳起來。

「一定有間諜，」王同志喃喃的說。他轉過臉來向著顧岡，臉色忽然興奮活潑起來，眼睛也很亮，但是雖然對顧岡看著，顯然並沒有看見他。「一定有間諜搗亂。不然群眾決不會好好的鬧起來的。得要徹底的檢查一下。」

十四

民兵到鎮上去報告區政府，路上經過周村的時候，曾經帶信給村幹部。幹部們就到村子裏去挨家通知，叫大家提高警惕，一看見可疑的人立刻去報告。有若干「反革命」在逃，可能是朝這個方向來了。

他們說得很不仔細，但是真實的消息不久就漏了出來，村子裏沸沸揚揚，大家都在傳說著譚村出了事。金花聽見了非常担憂，不知道究竟出了什麼事，也不知道她自己家裏有沒有受影響。

那一天黃昏的時候，她到溪邊去汲水，挑著担子走下石級，一雙眼睛始終呆呆的向對岸望著，她娘家的村子在對岸。她心不在焉的把一隻肩膀微微一側，一隻水桶就沉到水裏去；再把身子一扭，水桶就又上來了，裝得滿滿的。天漸漸黑了，柔和的蓋罩下來，罩在那更黑暗的小山與叢林上，只有那溪水是蒼白而明亮的，一條寬闊的銀灰色。

一隻石子飛過來打在她背脊上。

「小鬼，」她咕噥了一聲，沒有轉過身去。在村子裏，大家仍舊稱她為「新娘子」，孩子們常常在她後面跟來跟去，和她鬧著玩。

又有一隻石子在她肩膀上掠過，噗通一聲落到水裏去，水花四濺。她裝滿了兩桶水，把扁担從肩上卸下來，就轉過身來，兩隻手叉在腰上，正要開口罵人，但是岸上一個人也沒有。

「妹妹！金花妹！」有人輕聲叫喚著。

她突然抬起頭來，隨即用扁担一撐，很快的就跳上山坡。在山坡上的竹林子裏，她和她嫂子面對面站著。月香蓬著一頭頭髮，縮著身子抱著胳膊，身上只穿著一件白布襯衫，下面倒繫著條棉袴。

「你怎麼了？」金花期期艾艾的說。

月香一開口說話，一嘴牙齒凍得忒楞楞對擊著，使她斷斷續續語不成聲。她很生氣，因為這樣子就像是她害怕得渾身發抖。

「你怎麼沒穿著棉襖？」

「給你哥哥披在身上了。他打傷了，在流血。」

「他怎麼了？怎麼打傷了？」金花著急的問。

「他不要緊的，」月香很快的回答。她不知道為什麼，對於這一點就像是有點護短似的。

「腿上給鎗打傷了。總算還好，是腿上。」

「他現在在哪兒？」

「就在這山上。」

「我跟你去看他。」

月香躊躇了一下。「你兩隻水桶丟在這下邊不大好——萬一給人看見了。」

「怎麼會放起鎗來的？」金花又追問。

「唉，不用提了。大家起鬨，說是要借糧，借糧，借點糧食過年，這裏就放起鎗來了。」她又很輕鬆似的加上這樣一句，用一種明快的表情望著金花，「阿招死了。給踩死了。」

「什麼？」金花神情恍惚的問。

「我們也不相信呀，一路還把她帶著，揹著她上山——死了！早已死了。」她繼續用那種稍帶驚異的明亮愉快的眼光望著金花。

她又告訴她民兵怎樣放鎗，大家堵在糧倉門口拼命往外擠，那時候身不由己，只好也跟著大家擠了出來，但是一經脫身，立刻又往回跑，去找阿招。她掙扎著通過那迎面衝過來的人群；一次次的被撞倒了又爬起來。突然被一個人抓住她的手腕，拖著她就跑。是金根，他把阿招揹在肩膀上。他們手牽手跑著，只聽見那一顆顆鎗彈嗚嗚叫著在耳邊飛過，發出那尖銳的哀鳴，前後左右不斷的有子彈落在地下。她從來沒有像這樣自己覺得有一個身體，彷彿渾身都是寒颼颼的暴露在外面，展開整大塊的柔軟的平面，等待著被傷害。但是同時又有一個相反的感覺，覺得不會當真被傷害，因為他們這樣手牽手跑著；像孩子在玩一種什麼遊戲。

他向前面仆倒在地下，起初她還以為他是躲避鎗彈，後來才知道他是受了傷。她把阿招抱了過來，又扶起他來，攙著他走。「就快到家了，」她鼓勵的說。

「不回家去——不能回去——」他吃力的說。「先到別處去躲兩天吧，避避風頭。」

她想到她母親那裏去，但是路太遠了，他絕對走不動的，所以後來決定到周村去。他們走一條小路，從山上穿過來，比較穩當些，不容易碰見人。

那是一個陰寒的下午，山上荒涼得很。滿山的樹木都站得筆直，揸開它們長而白的腳趾，那樣子就像是隨時準備著要走下山來，一直走到村莊裏面來，因為山上太寂寞。那小山一級一級的高上去，就像是給它們砌出來的土台階。這種台階給人類使用是嫌太高了。月香掙扎著一級級的爬上去，把金根也拖上去。她其實早已知道她抱在手裏的那癱軟的壓爛了的小孩是已經死了。最後她由於極度疲倦，只好丟下了她，也沒有時間來感到悲慟。他們把那小小的尸身藏在一個山洞裏，希望暫時沒有人會發現它。

一直走到最後一段路，需要過橋的時候，她才真正的感到恐懼。天快黑了。那狹窄的木板橋踩著極高的黑色高蹺，站在那銀灰色的水裏。冬天水淺，那搖搖晃晃的高蹺露在水面上，差不多有三丈多高，她扶著金根過橋，他那沉重的身體左一歪右一歪，永遠無法知道它要往哪一面倒過去。橋身的兩塊木板並在一起，中間露出一道狹縫，那木板踏在腳底下一軟一軟的。兩邊一點倚傍都沒有，只墊著那軟綿綿麻酥酥的空虛。橋下那廣闊的水面是蒼白的，它老往下面退著，離他們更遠，更遠。……

她現在很高興，總算見到了金花，可以把這些話告訴她聽，今天這一天出了這麼許多事情。但是她說完了之後，她可以看出金花並沒有真正聽懂她的話，雖然金花是很盡責的在臉上現出驚惶與憤怒的表情。她今天這一天的經歷站在她們兩人中間，像一堵牆一樣。天色越來越黑暗了，她們向彼此的灰色的臉龐對望著。那竹林子在四周竊竊私語，吐出冰冷的鼻息來，湊出著她們頸項背後咻咻的吹著。

「鬧著逮人，原來就是逮你們。」金花忽然悟了出來。她把聲音再低了一低。「他們說反革命。」

「反革命！」月香叫了起來。「我們怎麼會是反革命？」但是她一面抗議，一面就已經有點模糊起來，不知道「反革命」三個字究竟是什麼意思。

「這兒不能再待下去了。還是到上海去，上海地方大，他們找不到我們的，」她斷然的說。「不過眼前也不能走——他不能走路。只好先在你們家裏躲幾天。」

金花微微張著嘴，她的門牙在黑暗中亮瑩瑩的。她很費勁的閉上了嘴唇，嚥了口唾沫。「躲在哪裏呢？家裏那麼些人，我那幾個嫂子跟她們那些孩子，成天到處鑽。」

「總有辦法不讓他們上你屋去。」

「孩子們一天到晚跑進跑出，拿他們有什麼辦法。」

月香沉默了下來，但是不久就又開口了。「我有主意：你就說是小產了，他們不滿月不肯進血房的，一定也會管著孩子們不讓進去。」

「他們知道我沒有……」

「就說你有了喜，沒好意思告訴人——這還不容易嗎？」月香不耐煩的說。

金花也知道這的確是一個好辦法，似乎勢在必行了。發生在她哥哥身上的這件可怕的事，眼見得馬上就要氾濫到她日常生活的世界裏來。她在那裏是有責任的。她現在是很認真的做著妻子，做著媳婦。而她那些妯娌們一個個都是些敵人，永遠在旁邊虎視眈眈，她的一舉一動都不能不特別小心，不然以後在他們家怎麼能做人。她已經把童年丟在後面很遠很遠了。她的哥哥似乎也是如此，看她那天回來借錢的時候他那神氣，他彷彿已經忘記了當初那時候的情分。

她把一隻手沉重的按在一竹枝子的青綠色的長臂上，滑上滑下。她想到許多事情，但是她所感到的只是那竹子的寒冷滑澤，與它的長度，還有它那一圈圈的竹節，像手臂上戴的鐲子。

「金花妹，」月香柔聲說，一面伸過手去握住她的手。「我也知道你是為難。不過你哥哥今天晚上不能在外頭過夜。要凍死的。一定活不了的。」

「我怕他到村子裏讓人看見了反而不好，」金花紅著臉悻悻的說。「今天晚上一定查得特別緊。」

「好在天已經黑了，你攙著他，就說是妹夫喝醉了酒回來了。」

一提起她丈夫，金花立刻僵硬起來。「他今天一天都沒出去，」她冷冷的說：「大家都知道。」

「那就叫他來把你哥哥攙進去。對了，還是讓他來，比你好。村子裏的狗都認識他，不會叫得那麼厲害。你叫他帶一床被窩來，給你哥哥蒙著頭裹在身上，萬一遇見人，就說是你。他剛把你從河裏撈了出來。你聽見說娘家出了事，一家子都死了，所以你也跳了河。」

金花只是慘淡的瞪著眼睛望著她，沒有作聲。

「對了，還是這樣好，」月香想了一想，又這麼說。「人家也不好意思掀被窩，聽見說是個年青女人。」

這次金花稍稍沉默了一會，就開口說，「不行，沒有用的。他一定會告訴他媽。」

「可不能讓他告訴人。」

「我也攔不住他。他一定會害怕的。讓他們抓住了，把他也當反革命，」她痛苦的說。

月香推了她一下，輕聲說，「你好好的跟他說呀，傻丫頭！好好的跟他說。才兩個月的新娘子，還不要他怎麼著就怎麼著。」

什麼傻丫頭，金花恨恨的想著。她嫂子真是把她當傻子了，叫她去害死自己的丈夫——這不簡直就是讓他去送死嗎？虧她怎麼說得出口來，要人家害死自己的男人。也許她根本不知道夫妻的感情是什麼樣的。本來這月香一向就是個狠心的潑辣貨。

她哥哥自己絕對不會要求她做這樣的事。他一定會明白的，一定會原諒她。她突然記起了他一向待她多麼好。她又回想到這些年來他們相依為命的情形，不由得一陣心酸，兩行眼淚不斷的湧了出來。她覺得這茫茫世界上又只剩下了他們兩個人，就像最初他們做了孤兒那時候。

她還是不能不救他。她掙脫了月香的手，很快的轉身就走。「你在這兒等著，」她說。月香遲疑的跟在她後面走了一步，又站住了。「金花妹，」她不安的說。

金花漲紅了臉，心裏想月香一定當她是要逃走，一去不來了。「你不要著急，我一會就來。」她一面說一面走著，頭也不回。

「記得叫妹夫帶一床被窩來，」月香說。「哪，你忘了把扁担帶去。」她追了上去，在山坡上彎著腰把那扁担遞給她。

「我不過是替哥哥想著不放心，」金花又低低的說了一聲，悲苦的。

她走了，月香又爬到一個較高的土崖上，那裏的樹木密些。她對金花還是不十分放心。「現在他總該知道了——一向這樣疼他的妹妹，」她想。「還是那句老話：嫁出去的女兒潑出去的水。儘管哭著回來抱怨婆家不好，到了這種時候，第一還是顧到婆家。」

她心裏想也許剛才應當冒一個險，不管它狗叫不叫，不等人帶就溜進村去。一進了周家的門，就可以訛住他們了。他們周家知道自己已經脫不了關係，多少有幾分害怕，或者也只好幫著他們隱瞞著。

她在那寒風中緊緊的抱著自己。無數的舌頭似的竹葉不停的搖動著，發出一種唏嘘的聲音，世界上最凄冷的聲音。這樣冷的天不穿棉襖，實在受不住。她也不敢走來走去活動活動血脈，或是蹬著腳使她自己暖和一點，怕有聲響被人聽見了。

村子裏現出一點點的燈光。在另一邊，那廣漠的灰色平原躺在黃昏的烟霧裏。它那寂靜裏充滿了息息率率的細微的聲音，就像一個人鼻子裏吸溜溜的，在被窩裏翻來翻去，冷得睡不著覺。

月香第一次到這村子裏來，還是那時候人家剛給金花做媒，做給周家那男孩子。周家的人是在迎神賽會的時候看見了金花，看中了她，譚家的人卻沒有看見過那男孩子，大家約好了日子，那一天他們到周村來，可以看見他在田上工作。他們把金花也帶了來，叫她仔細看一看；她偏偏把頭別了過去。然而後來他們在討論的時候，有人誇那男孩子長得好，她卻鄙夷的說，「那麼女人氣，還戴著耳環。」周家那孩子大概是小時候怕他夭折，給他穿了耳朵眼，戴著銀耳環。但是她不看怎麼會知道，這在他們家已經成了個老笑話。

那天他們到周村去，算是帶著小羊和雞鴨，上鎮去趕集，路過那裏。出發以前，先把那隻小羊肚子裏塞飽了東西，增加牠的重量。牠那肚子脹得圓滾滾的，硬得像個大石球，墜在身子下面，一步一搖擺。但是這也並沒有妨礙牠跳跳縱縱的愉快的跑在他們前面。金根挑著担子，前面吊著一籠雞鴨，後面一隻竹筐裏裝著阿招，她那時候還小，丟她在家裏沒有人看管，只好把她也帶出來。她兩隻手攀在那竹筐的邊緣上，目光灼灼的望著這世界。

月香想到這裏，眼淚順著往下淌，一時忍不住抽抽噎噎，但是仍舊極力抑制著自己，不發出聲音來。

她聽著那夜間的聲響，看見村子裏的燈火漸漸稀少了，可以知道時候已經不早了。最初對金花僅只是感到不安，現在那不安已經變成了恐懼。現在天色差不多完全漆黑了。她突然震了一震，看見下面亮閃閃的水面上映出一個移動著的黑影。然後她看見那人頭後面突出一個硬硬的小圓餅，顯然是一個中年以上的女人，挽著髮髻。她的心往下一沉。她知道那是金花的婆婆，沒有帶燈籠，摸黑找到這裏來了。

金花一定是洩漏了消息，或者是不小心被人家發覺了，或者是有心告訴了別人。

「那賤丫頭，」月香喃喃的咒罵著。「死丫頭。」

她不能決定她是不是應當躲起來。

下面的黑暗中發出一陣綷綷縩縩的聲音。「金根嫂，」那女人輕聲說。「金根嫂。」

「大娘，救救我們，大娘，」月香也輕聲叫著，隨即出現在她旁邊。

「噯呀，金根嫂，」那女人親熱的叫喚著，摸索著抓住她的手。「幸虧我知道得早！你曉得金花那脾氣，她整個是個孩子，還有我那個兒子，兩人倒真是一對，一點也不懂事。要是靠他們幫忙，那可糟了！」

月香知道她這話是責罵自己不該背著她去找她的兒子媳婦幫忙。「大娘，我們也是實在急得沒辦法，也沒處投奔，」她幽幽的說。「我看見你老人家來了我就放心了。我一向就知道你心好。」

「這不幸虧我知道得早，」那女人又重複了一句。「不然你們可真不得了了，不是我說！你想，我們家地方那麼小，家裏人又多。瓶口紮得緊，人口紮不緊的——」

「不用推在別人身上。別人不去報告，你自己第一個就會去報告的，」月香心裏想。

「你知道平常日子，家裏來了個親戚過夜，就得馬上去報告。這回更不用說了，剛上門來囑咐過。提起反革命，誰不害怕呀？」

「大娘，我們怎麼會是反革命，我們不也跟你們一樣，都是土生土長的老百姓。人誰沒有走悖運的時候——」

她不等月香說完，就剪斷了她的話。「噯，還這麼說哪：要是知道他們在哪兒，不去報告，就是他們一夥裏的人，馬上捆起來送到區上去。罪名比『收容逃亡地主』還要大！」

月香在旁邊想說話也插不進嘴去。

「現在弄到這步田地，我看你們沒有別的辦法，只有趕緊到鎮上去搭船。好在你是出過遠門的人，這條路你是走過的。」她把一個小布包塞到月香手裏。「哪，我給你們帶了點吃的來。我得要走了。我也不敢多耽擱，耽擱的時候長了，大家都不方便。」

月香一把扯住她的袖子不放。「大娘，你可憐可憐我們吧，我給你老人家磕頭。」她雙膝跪下地去，嗚嗚咽咽哭了起來，因為她覺得絕望，也因為她在這可恨的女人面前被屈辱。

「不，不，金根嫂，你快不要這樣！」那年長的婦人極力想把她拉起來，拉不動她，只得自己也跪了下來，給她還禮，表示不接受。「金根嫂你是個明白人，你總該知道，不是我不肯幫忙，我這都是為你們打算的話。你們快走吧。這地方不能多耽擱。」

「他的腿不方便，走不動呀，大娘。要不然我們還是在山上躲幾天，大娘隔兩天就讓金花給我們送點吃的來——」

那女人很生氣的說，「這樣冷的天怎麼能在外頭過夜？白天有人上山打柴去，也說不定會讓人看見。」

「那我們再上去些，上頭沒人去。」

「沒人去——有狼！」她吃力的扶著竹子站起身來，竭力掙脫了月香的手。「你儘纏著我也沒用。快到鎮上去吧，趁夜裏好走。」

月香不覺慟哭起來，揪著那女人的衣服不放。「他流血流得這樣，怎麼走呀？到了碼頭上怎麼上船？有兵在那兒檢查，混不過去的。」

「我勸你趁著這時候還能走，還是趕緊走吧，金根嫂！」那女人意味深長的說。「這話我本來沒打算告訴你——你還是趕快走吧。我也不準知道我家裏的兒子有沒有去報告。我勸你的話都是好心，你這該知道了吧？」

她終於脫身走了。

月香相信她最後那幾句話只是空言恫嚇，可以催他們快離開這裏，即使死，也不要死在周村附近，連累他們。但是也難說，也說不定是真話。

她努力爬上山去，緊緊的抱著那一包食物，就像是那上面有暖氣發出來。雖然是帶著壞消息回去，總算是帶著些食物回去，這樣想，也確是在無限淒涼中感到一絲溫暖。

在黑暗中，一切都看上去有點兩樣。她簡直找不到剛才那塊地方。她臨走的時候，給金根靠在一棵樹上半坐半躺著。起初她以為是那邊那棵大樹，但是她一定是記錯了。她又提醒自己，路不熟的時候總覺得特別長些，尤其是像現在這樣，簡直像是深入敵境，每一步路都充滿了危險。

但是她一路往前走著，漸漸的越來越覺得她一定已經走過了那塊地方。她十分驚慌，轉過身來再往回走，把那個區域搜索得更仔細些。他到哪兒去了？她去了很久的時候。他難道已經被他們捉到了？還是他聽到了什麼響動，或者看見了什麼，害怕起來，躲了起來了？但願是這樣。她竭力要自己相信是這樣。

「你在哪兒？」她輕聲說，暗中摸索著在叢林中轉來轉去。「阿招爹，你在哪兒？」那廣闊的空間在收縮著，縮得很緊，扼得她透不過氣來。她不停的輕聲叫喚著，非常吃力，喉嚨也腫了起來，很痛，像是咽喉上箍著一隻沉重的鐵環。

狼！一定是牠們聞見了血腥氣，下山來了。平常牠們是不會跑到這樣低的山坡上來的，但是現在這時候也難說。她有一種不合邏輯的想法，認為狼也像人類一樣，在這人為的飢饉裏挨著餓。

但是如果是狼，一定會丟下一點什麼東西，一隻鞋子，或是一隻手。牠們進食的習慣是不大整潔的。她似乎頭腦冷靜得很，現實得可怕。她在這一帶地方到處搜尋著，什麼都沒有。然後她發現她自己正向溪邊的一棵樹注視著。從這裏望下去，那棵樹有點奇怪。映在那灰白的溪水上，那小樹的黑色輪廓可以看得很清楚。樹椏槎裏彷彿夾著個鳥巢，但是那鳥巢太大了，位置也太低。

她連爬帶滾的下了山坡。她用麻木的冰冷的手指從那棵樹上取下一包衣服。是他的棉襖，把兩隻袖子挽在一起打了個結，成為一個整齊的包袱。裏面很小心的包著她的棉襖，在這一剎那間，她完全明白了，就像是聽見他親口和她說話一樣。

那蒼白的明亮的溪水在她底下潺潺流。他把他的棉袴穿了去了，因為反正已經撕破了，染上了許多血跡，沒有用了。但是他那件棉襖雖然破舊，還可以穿穿，所以留下來給她。

他要她一個人走，不願意帶累她。他一定是知道他受的傷很重，雖然她一直不肯承認。他並沒有說什麼，但是她現在回想著，剛才她正要走開的時候，先給他靠在樹根上坐穩了，她剛站直了身子，忽然覺得他的手握住了她的腳踝，那時候彷彿覺得那是一種稚氣的衝動，他緊緊的握住了不放手，就像是不願意讓她走似的。現在她知道了，那是因為他在那一剎那間又覺得心裏不能決定。他的手指箍在她的腿腕上，那感覺是那樣真確，實在，那一剎那的時間彷彿近在眼前，然而已經是永遠無法掌握了，使她簡直難受得要發狂。

她站在那裏許久，一動也不動。然後她終於穿上她的棉襖，扣上了鈕子。她把他那件棉襖披在身上，把兩隻袖子在頷下鬆鬆的打了個結。那舊棉襖越穿越薄，僵硬的豎在她的臉龐四周。她把面頰湊在上面揉擦著。

她緩緩的走著，然後腳步漸漸的快了起來，向家的方向走去。

十五

那天晚上譚老大家裏嚇得都沒敢點燈。他們說起話來也聲音非常輕，不過譚老大在屋子裏走動的時候總是大聲咳著嗽，怕萬一撞到他媳婦身上，鬧笑話。

「我說的吧？我說的吧？總有一天要闖大禍！」他喃喃的說。「一天到晚只看見他們起鬨，起鬨起得好！」

譚大娘低聲責罵著媳婦，「一天到晚跟金根的老婆嘁嘁喳喳咬耳朵，也不知你們搞些什麼鬼，一個眼不見，就又跑到那邊去了。這下子好！也說不定連你也抓了去。說一聲『反革命』，你還有命呀？『反革命』是鬧著玩的呀？」

金有嫂嚇得直哭。

「既然到家裏來搜過了，總是他們倆還活著，躲在哪裏。」譚老大很實際的推斷著。

「也許逃到鎮上去了，從鎮上搭船走了。」

「沒有路條怎麼能上船？你不記得她回來那時候怎麼說的？碼頭上盤問得多緊

呀！」

那天晚上民兵又來過一次。老夫婦倆在黑暗的房間裏趴在窗戶眼裏往外窺視著，看見他們打著燈籠進來，到金根那邊去了。然後又出來了，把顧岡的行李挑在扁担上挑走了。顧岡一定是不回來過夜，大概住到王同志那裏去了，為了安全的緣故。

民兵出來的時候沒有把金根的房間關緊，它整夜的在風中開闔著，砰砰響著。譚大娘給吵得睡不著覺，想叫她媳婦起來把門閂好。

「噯，不能動它——不能動它，」譚老大驚慌的說。「讓人家知道了，也說不定還當我們進去拿了些什麼東西。待會抄起家來，少了什麼又要賴我們。」

那扇門更加殘酷的一聲聲砰砰撞打著。

譚大娘躺在床上久久沒有睡著，聽著那聲音。然後她輕聲向她丈夫說：「不像是風。倒像是他們倆回來了。」

「別胡說了！」譚老大說。其實他心裏也是這樣想。

然後譚大娘自己吃了一驚，發現她剛才說到這兩個人的時候，已經把他們當作鬼魂了。也說不定他們還活著，說這樣的話簡直是咒他們。她心裏覺得懊悔，就又想到他們平日為人的好處，年紀又這樣輕，想不到落到這樣的下場。她的淚珠一顆顆滾到她那扁而硬的舊藍布面的蘆花枕頭上，可以聽得出聲音來。

十六

關帝廟裏王同志的寓所是一個灰黯的地方，但是在顧岡的眼中，和他住過的這些農民的家裏比較起來，已經有天淵之別，多少有一點書卷氣，相形之下，簡直像是回到自己家裏一樣。倒有一點像他記憶中的賬房師爺的臥室，他小時候很喜歡到那裏去玩的。這房間非常廣大，又特別長，從前是一個配祭的神殿。偶像與神龕早已搬走了，但是那積年的灰塵與蛛網仍舊原封未動。那油燈僅只照亮了一個小小的角落，在整個的空房裏，只有那一個角落裏陳設著一張床，一張桌子，桌上亂堆著筆硯簿籍與各種什物，還有幾張椅子與板櫈，構成一個臥室兼辦公場所。這小小的一塊地方充滿了一種氣味，鄉下人稱為「老人頭氣」，由寂寞與污穢造成的。在那凜冽的寒夜裏，那氣味似乎更濃厚些。

顧岡坐在床沿上，非常心神不定，不斷的用兩隻手指在臉上揪拔著鬍渣，從人中上漸漸拔到腮頰上。在外面的大殿裏他們正在用酷刑拷問那些搶糧被捕的人。

「噯呀！噯喲！」那有韻律的呻吟一聲聲傳進來。「呃咦咦咦呀！」那聲音漸漸微弱了下去，聽不見了，然後又突然變成一個強大異常的畜類的嚎叫，直著嗓子叫著。

那不可能是真的，顧岡心裏想。這就像從前那些鬼故事裏，一個旅行的人在古廟裏投睡，睡在廊下，半夜裏忽然被刑訊的聲音驚醒了，這廟裏的神道正在坐堂，審問亡人。那故事裏的主角偷偷的向裏面窺視著，殿上燈燭輝煌，他忽然在犯人裏面認出一個故世已久的親戚，正在受著最慘酷的刑罰。他不禁失聲狂叫起來。立刻眼前一黑，一切形象與聲音都消滅了。

狂叫一聲吧，也許這一切也會立刻消滅得無影無蹤。在都市裏一直聽見說「共產黨是從來不用刑的。」時而也聽見一些地主與國特受酷刑的故事，那都是敵人的特務散佈的謠言。

如果真是地主或是特務，那倒又是一樁事，但是這些坐老虎櫈的人明明是普通的農民。他知道王同志實在很知道他們並不是特務的爪牙。當然這樣說是比較好聽，報告上去也可以替王同志保留一點臉面。難道王同志就為了這個原因就這樣誣陷他們？這人如果真是壞到這樣，顧岡覺得他自己這條性命恐怕遲早要斷送在他手裏。

「不要胡思亂想了，」他對自己說。他感到一種近於絕望的焦急的需要，他要相信王同志與他所代表的一切。自從共產黨來了以後，他已經告訴了自己一千次，「相信他們吧。為了你自己的好處，你應當有信心。」如果「宗教是人民的鴉片，」那麼現在這種信仰就是知識份子的鴉片，能夠使他們愉快的忍受各種苦楚，種種使人感到不安的思想與感情都被麻痺了，也不會受到良心的責備。

顧岡告訴自己說，他正在面對著一個嚴重的考驗。他需要克服他的小資產階級溫情主義。當然這次農民的暴動不過是一個偶然的事件，一個孤立的個別現象，在整個的局面裏它是沒有地位的。如果把這一幕慘劇忠實的反映出來，那是會影響到政府的威望的；政府的威望受影響，終久也要影響到人民的福利。所以為人民自身著想，應當使他們相信這是敵人的特務所製造的事件。

王同志執行這件工作，實在是不容易，得要從這些暴動的群眾裏擠出一個故事來，把它鍛鍊成形，在他們被送到區上受審之前，要使他們的口供大致相同。他用體刑也是不得已。

顧岡這樣想著，企圖說服自己，但是他想起月香來，總覺得不能釋然。他不由得要替她担憂，不知道她會遇到什麼樣的命運。如果她已經被捕，正在酷刑下呼號著，他懷疑他能夠保持他的冷靜。

房間另一端的一扇門吱呀一聲推開了。燈光照不到那麼遠。顧岡抬起頭來向那黑暗中望去，他恍惚覺得也許是月香來了，照例在臨睡以前給他送一隻渥腳的籃子來——那籃子，每天給他帶來了溫暖，同時又使他感到恥辱。

是那民兵小張同志，來替王同志拿香烟。他在王同志枕頭底下搜到一盒香烟。

「今天晚上誰也不用想睡覺，」他抱怨著，打著呵欠。「王同志真是太辛苦了，也不歇歇。」

「他真是該休息休息，」顧岡微笑著說，「今天又還受了傷。」

「可不是嗎？其實他儘管去歇著，把他們倒吊一晚上，明天敢包他們都說實話。」

顧岡用很隨便的口吻問起譚金根與他的老婆有沒有捉到。小張同志回答說沒聽見說。

王同志回房睡覺的時候大概已經是深夜了。顧岡睡得糊裏糊塗的，彷彿聽見床上的鋪板吱吱響著，又聽見吐痰的聲音。燈吹滅了。然後那鼾聲把他整個的吵醒了。聽上去這人彷彿在牛飲著——把那濃冽的黑夜大口大口的喝下去，時而又停一停，發出一聲短短的滿足的嘆息。

顧岡自己不知道，大概他最後還是又矇矓睡去。因為他突然又驚醒了。一陣密密的鎗聲，噼噼啪啪震耳欲聾。然後他發現小張同志在床前站著，手裏拿著一盞油燈。

「失火了，倉庫失火了，王同志！」小張大喊著。

王同志一骨碌坐了起來，掙扎著穿上他的棉制服，一面嚷著，「快把燈吹滅了！」

但是小張沒有上陣打過仗，不懂這命令有什麼意義，以為他一定是聽錯了。在混亂中，顧岡記得他看見王同志睡眼惺忪的浮腫的臉，映在那一跳一跳的燈光裏，橘黃色的亮瀅瀅的臉龐，額上裹著白繃帶。他覺得他彷彿看見王同志的眼睛裏有一種光，幾乎近於喜悅。他一定是覺得良心上比較舒服一點——現在發現這件事的確是有國民黨游擊隊在幕後活動。

等到王同志趕到戶外去，不知道為什麼鎗聲已經停止了。只聽見村子裏的狗汪汪狂吠，民兵跑來跑去，瘋狂的敲著鑼，從村前敲到村後，報告火警。遠遠的可以聽見「救火呀！來救火呀！」的喊聲。

倉庫的屋脊上站一排火舌頭，在它們自己的風裏拍拍捲動。鎗聲仍舊寂然。人們開始出現了，大家東一堆西一堆擠在一起，瞇著眼睛向那火光驚奇的望著，帶著他們那種慣常的表情，半皺眉半微笑。

王同志頭上裹著繃帶，奔來奔去喊得喉嚨都啞了。「老鄉們！大家來救火呀！搶救倉庫呀！那是人民的財產！大家來保衛人民的財產！」

但是群眾依舊退縮著不敢上前，因為剛才那一陣鎗聲的勢子實在猛烈。然後忽然有一個人叫了起來，「嗳，那是倉庫裏的砲仗呀！砲仗著了火，燒起來了！」

大家一個傳一個，這句話馬上傳佈開去，終於連關帝廟裏面的顧岡也聽見了，於是他也胆量陡增，抖擻精神出來參加救火工作。

大家紛紛拎著水桶和各種容器向溪邊奔去。也有人孜孜矻矻的認真工作著。倉庫裏的米是他們勞動的果實，他們對那米糧的愛戀是不自私的，不經過思想的；眼看著那樣豐富的寶藏付之一炬，他們比任何守財奴都更覺得痛心。但是也有人暗暗稱快，白天搶糧死了這麼些人，想不到當天晚上倉庫就失了火，替他們自己的人報了仇。但是他們表面上也做出熱心的神氣，裝得很像，只管向別人哇啦哇啦喊著「救火」，一方面也爭先恐後擠到溪岸上去汲水，汲了水來，沿路都潑掉了大部份。

潑在地下的水馬上凍成了冰，使地上變得非常滑。顧岡正提著一桶水潑潑洒洒走過去，突然滑了一跤，把那一整桶冰水都澆在自己身上，那痛楚相等於極沉重的一擊。他的下頦正抵在一件什麼東西上，外面蒙著一層布面，裏面墊襯得棉墩墩的，東西本身卻是堅硬的。他有極度恐怖的一剎那，以為那是他的腿。——跌斷了腿了！然後他發現他正撲在一個死尸身上，這一帶地方橫七豎八躺著不少的尸身。那的確是一條腿，不過不是他自己的。他一面掙扎著爬起來，一面他的一隻手已經飛快的在臉上摸了摸，臉上戴的眼鏡倒還無恙。在這種鄉下地方，如果不幸打碎了眼鏡，那簡直完了，簡直不堪設想。他不由得心悸起來，從此失去了勇氣，立刻退出了救火的集團，站得遠遠的，做一個袖手旁觀的人。他那棉制服漸漸濕透了，使他渾身顫抖著。

還在那裏拼命敲著鑼。那不停的「嗆嗆嗆嗆」喚醒了一種古老的恐怖，彷彿那村莊正被土匪圍攻著。村前的一片曠地浴在那跳盪的紅光中，民兵們揮動著紅纓鎗在那紅光裏衝過。內中有一個民兵堅持著說剛起火的時候，他曾經看見一個女人在黑影裏奔跑，被他追趕著，一直把她趕到火裏去了。

顧岡站在旁邊看著，那皇皇的鑼聲與那滔天的火焰使他感到一種原始性的狂喜。「這不正是我所尋找的麼，」他興奮的想。「一個強壯的驚心動魄的景象，作為我那張影片的高潮。只要把這故事搬回去幾年，就沒有問題了，追敘從前在反動政府的統治下，農民怎樣為飢餓所逼迫，暴動起來，搶糧燒倉。」

然後他又記起來，《文藝報》與《人民文學》上對於文藝作品的取材曾經有過極明確的指示。作家們不應當老是逗留在醜惡的過去上，把舊社會的黑暗面暴露得淋漓盡致，非常賣力，然後拖上一個短短的光明的尾巴。這其實是對於過去還是有一種留戀的心情。應當拋開過去，致力於描寫新的建設性的一面。現在不必再詛咒黑暗了，應當歌頌光明了！

但是顧岡仍舊在心裏詛咒著。他悵然望著那漸漸低了下去的火焰。倉庫已經被吞吃得乾乾淨淨，只剩下一個骨架子。那木頭架子矗立在那整大片的金色火焰中，可以看得清清楚楚。巨大的黑色灰渣像一隻隻鳥雀似的歇在屋樑上。它們被稱作「火鵲、火鴉，」實在非常確當。這些邪惡的鳥站成一排，左右瞭望著，把頭別到這邊，又別到那邊，恬靜得可怕，在那漸漸淡下去的金光裏。

十七

陰曆新年很平靜的過去了。失火那天晚上看守著倉庫的民兵們都被押到縣裏去，關了起來。王同志有許多報告要寫，顧岡也忙著寫他的劇本。他還是捨不得放棄那一場火，結果仍舊利用它做了那水壩的故事的高潮。

在他那故事裏，那工程師與年老的農民會商，造了一個水壩，解決了每年溪水氾濫的問題。但是這村莊裏有一個地主，他經過了土改仍舊安然無恙，由於政府的寬大政策，他也像別人一樣的分到了一畝多地。他生活得比別人還好些，常常關起門來大吃大喝，有幹部來訪問的時候就趕緊的把碗筷都收起來。而且那大腹便便的老頭子仍舊有一個美麗的年青女子陪伴著他。大概是他的姨太太，但是這一點也許還是含糊過去的好，因為在人民政府的治下，納妾制度是不應當繼續存在的。她主要的功用是把她那美麗的身體斜倚在桌上，在那閃動的燈光裏，給那地主家裏的秘密會議造成一種魅艷的氣氛。她的面貌與打扮都和月香相仿。當然，這是夏天，她不穿著棉襖，而是穿著一件柳條布短衫。衣服儘管寬大，那直條子很能表現出曲線來。

有一個間諜去找那地主，要他參加特務活動，給了他一張國民黨陸軍中將的委任狀。那地主就在某一天黑夜裏興興頭頭捧著一隻炸彈，帶他的姨太太去炸那新築的水壩。他們被發覺了，但是幸而溜得快，並沒有被人看見他們是誰。

那特務又來找他，逼著他做出點切實的成績來。那地主沒有辦法，又去放火燒毀政府的倉庫。這一次他被當場捉住了，他那姨太太捧著個小包袱緊緊跟隨在他後面奔走著，也被逮住了。他們想必是預備在得手以後立刻遠走高飛。小包袱裏除了別的貴重物件之外，還收藏著他最珍視的那一張委任狀。

顧岡自己覺得很滿意。一切都安排得非常乾淨而緊湊。但是結尾可惜不能有一場偉大的火景。那一場火不能讓它燒得太大。剛剛有一兩袋米開始冒起烟來，就已經有一個守兵繞著牆角跑了過來，大聲喊叫著，「失火了！失火了！有人放火！」要不然，那就顯得民兵太低能了，太缺少警惕性。一定有許多報紙怒氣沖沖的聲討他，「敵友不分的濫用諷刺的武器抨擊人民自己的組織……超出了建設性的批評的範圍……」那張影片大概不會被禁映——那太引人注意了——僅只是在放映期間悄悄的抽掉了，從此永遠下落不明。

預定的給軍屬拜年的一個節目，不得不展期了，因為爆竹統統在火災中銷毀了，臨時也來不及再到鎮上去購買。一直等到過了年初五，鎮上的小店開門之後，王同志又挨戶收費，湊集了一筆錢，重新到鎮上去了一趟，買了些爆竹回來。

第二天一早，村上的人都聚集在村公所外面。參加遊行的都排起隊來，秧歌隊排在前面，挑著担子送年禮的排在後面。敲鑼打鼓，扭秧歌的開始扭了起來。男女站成兩排，不分男女都是臉上濃濃抹著一臉胭脂。在那寒冷的灰色的晨光裏，那紅艷的面頰紅得刺眼。挑担子的彎著腰鑽到扁担底下，然後吃力的直起身來。扁担的一端搖搖擺擺吊著那淡白色的腫脹的半隻豬。割下來的豬頭，坐在篾編的盤子裏，豬耳朵裏很俏皮的掖著一兩朵粉紅的小紙花。別的篾盤裏盛著一堆堆潔白的年糕，像磚頭一樣硬，疊得高高的，上面也貼著金字，插著紙花。

王同志注意到那兩排扭秧歌的非常參差不齊，因為年底搶糧，打死了許多人。他向小張同志做了個手勢，小張同志就走上前去，和四周站著的老年人不知說了些什麼。那些老頭子老太婆隨即無可奈何的微笑著，大家推推搡搡，挨挨蹭蹭的也都擠到秧歌隊裏去。譚老大與譚大娘也在內。他們衰老的臉龐整個的皺了起來，帶著他們習慣的那種半皺眉半微笑的神情，也來嘗試著扭秧歌，把手臂前後甩動，骨節格格的響著。

王同志回過頭來，發現顧岡也出來了，站在他旁邊。他向譚大娘努了努嘴，她正跳著舞，在他們面前扭了過去。「今年六十七了，」他微笑著說，「還這樣熱心。」

「六十八嘍！過了年嘍！」譚大娘立刻糾正他，彷彿被他少算了一歲，有點生氣似的。

「六十八了，」王同志得意的向顧岡複述著。

送禮的行列一出村口，到了田野裏，就停止扭秧歌了，要等到快到鄰村的時候再扭起來。當然那些挑担子的，他們扁担上墜下來的負荷永遠一縱一縱的，他們順著那勢子，也仍舊用細碎的步子扭扭揑揑走著。他們緩緩的前進，沿著那彎彎曲曲的田徑，穿過那棕黃色的平原，向天邊走去。大鑼小鑼繼續大聲敲著：

「嗆嗆嘁嗆嗆！

嗆嗆嘁嗆嗆！」

但是在那龐大的天空下，那鑼聲就像是用布蒙著似的，聲音發不出來，聽上去異常微弱。

跋

我想借這機會告訴讀者們我這篇故事的來源。

這也許是不智的，因為一件作品自身有它的生命。解剖它，就等於把一個活人拆成一堆臟腑、筋肉、骨骼，這些東西拼湊在一起也並不能變成一個活人。把小說裏面一件件事蹟的來歷都交代清楚了，往往使人覺得索然無味。但我還是願意讀者們知道，《秧歌》裏面的人物雖然都是虛構的，事情卻都是有根據的。

在「三反」運動中，《人民文學》上刊載過一個寫作者的自我檢討，作者的名字很陌生，我已經不記得了，看上去是一個共區的青年作家──猜想他年青的緣故，是因為他掩飾的技巧非常拙劣。這篇短文中提起一九五〇年的春天，他在華北某地（是一個小縣份的名字）工作，正值春荒，農民為飢餓所迫，聚眾搶劫政府糧倉。當地的負責幹部率領民兵開鎗彈壓，屠殺了很多的農民。這老幹部也受了傷，當時情緒低落，思想發生動搖，竟頹喪的向作者說：「我們失敗了！」而作者一時認識不清，立場不穩，竟也附和他的論調，感到革命理想破滅的悲哀，而且把這事件據實寫了出來，以小說的方式刊在某報上。於是當然自怨自艾，自打嘴巴一番。

這篇文字給我的印象非常深。新聞封鎖這樣徹底，國內各處的飢饉，我們在上海的人是很少聽到的。後來我認識的一個女孩子到南昌附近的鄉下去工作，我聽見說她和農民一同吃米湯度日，米湯裏夾雜著一寸來長的一段段青草。一九五一年初，參加華東土改工作的知識份子，大都每人要隨身帶幾十萬元人民幣，預備在城鎮上購買私房食物，否則就要跟著農民餓肚子。從一九五〇年冬天起，又不斷的從蘇北與上海近郊來人口中聽到「鄉下簡直沒有東西吃了！」農民互相告貸，最高的目標是五百元人民幣，相等於一副大餅油條的價值。說這些話的人，都是我確實知道他們沒有說謊的習慣，也沒有說謊的理由。

近至上海西郊虹橋路的菜農，都在挨餓。然而鐵幕內又有一重重的鐵幕，東城與西城也可能就完全消息隔絕。而報紙上宣傳性的統計數字，也還很有人相信。凡是識字的人，似乎對於白紙黑字總有相當的信心。中共也就是明白這一點，所以對於掃除文盲的工作確是做得非常認真。

報紙上提起飢饉，據我所知只有一次，是解放日報上，在下端闢出一個小方塊，塞在最不引人注目的地方，說天津設立了飢民救濟站，救濟四郊飢民。在一片「農民普遍提高生活水準」聲中，哪裏來的這些飢民，也沒有加以解釋。一切有職業的人，在「學習」課程中無不熟讀解放日報，但是我問過好幾個熟人，誰也沒看見這一則新聞。一半也是因為不願意看見，所以不看見——人人都有點自我麻醉，這也是在重大壓力下的一種自衛的心理。在無論怎樣不堪的情形下，人也還是有適應環境的本能。我不覺得這有什麼不對，但畢竟是可悲的。

在這本書裏我還提到一個電影劇本，劇情完全根據一張中共的影片，《遙遠的鄉村》。是什麼人編導，已經記不得了，內容我卻記得非常清楚，因為覺得滑稽。劇中放火燒倉那一節，當時看了就有一個感想，如果不是完全虛構的話，那一定是農民的報復行為，被歪曲了的。

此外還有王同志的愛人在老共區的生活狀況，那是根據報上連載的一個女幹部的自傳，但是因為這一切都是通過了王同志的回憶，表現出來的，所以有些地方不免被美化了。

這些片段的故事，都是使我無法忘記的，放在心裏帶東帶西，已經有好幾年了。現在總算寫了出來，或者可以讓許多人來分担這沉重的心情。

國家圖書館出版品預行編目資料

秧歌 / 張愛玲著. -- 二版. -- 臺北市 : 皇冠,
2020.02
　面；　公分. -- (皇冠叢書；第4824種)(張愛
玲典藏；5)
ISBN 978-957-33-3514-6(平裝)

857.7　　　　　　　　　109000885

皇冠叢書第4824種
張愛玲典藏 5

秧歌

【張愛玲百歲誕辰紀念版】

作　　者—張愛玲
發 行 人—平　雲
出版發行—皇冠文化出版有限公司
台北市敦化北路120巷50號
電話◎02-2716-8888
郵撥帳號◎15261516號
皇冠出版社(香港)有限公司
香港銅鑼灣道180號百樂商業中心
19字樓1903室
電話◎2529-1778　傳真◎2527-0904
總 編 輯—許婷婷
美術設計—王瓊瑤
著作完成日期—1954年
張愛玲典藏二版一刷日期—2020年2月
張愛玲典藏二版七刷日期—2024年8月
法律顧問—王惠光律師

讀者服務傳真專線◎02-27150507
電腦編號◎001205
ISBN◎978-957-33-3514-6
Printed in Taiwan
本書定價◎新台幣260元　港幣87元